चुराया दिल मेरा

(एक सामाजिक उपन्यास)

रानू

डायमंड बुक्स

प्रकाशक : डायमंड पॉकेट बुक्स (प्रा.) लि.
X-30 ओखला इंडस्ट्रियल एरिया, फेज-II
नई दिल्ली-110020
फोन : 011-40712200
ई-मेल : sales@dpb.in
वेबसाइट : www.diamondbook.in
मुद्रक : रेप्रो (इंडिया)

Churaya Dil Mera
By : Ranu

चुराया दिल मेरा

दैत्याकार जम्बो-जैट की खिड़की से शेखर ने नीचे झांककर देखा। शहर की इमारतों पर नजर पड़ते ही उसका दिल उछल पड़ा। सांसों की गति बढ़ गई। जी चाहा जितनी जल्दी हो सके विमान एयरोड्रम पर उतर जाए और उसे वे चेहरे देखने को मिल जाएं, जिन्हें देखने के लिए वह तीन वर्ष से तड़प रहा था। पूरे तीन वर्ष जो उसने डॉक्टरी की उच्च-शिक्षा प्राप्त करने के लिए इंग्लैंड में बिताए थे।

माइक पर यात्रियों से अपने-अपने बेल्ट बांधने की प्रार्थना की गई। शेखर ने बेल्ट बांध ली। उसकी उत्सुकता पल-पल बढ़ती जा रही थी। उसके आंखों के सामने वे सब चेहरे तेजी से नाच उठे। उनमें सबसे आगे वह चेहरा था, जिसे देखते ही दिल में मीठी-मीठी गुदगुदी होने लगती थी।

कुछ देर बाद प्लेन रन-वे पर कुछ दूर दौड़ने के बाद रुक गया। यात्रियों ने अपने-अपने बेल्ट खोल दिए। शांति और बेचैनी की मिली-जुली लहर दौड़ गई। शेखर ने भी अपना बेल्ट खोल दिया। प्लेन का दरवाजा खुला। सीढ़ियां लगा दी गई और यात्री एक-एक कर उतरने लगे।

शेखर भी प्लेन से उतरा और अन्य यात्रियों के साथ-साथ गेट की ओर बढ़ने लगा, उसे यात्रियों की धीमी चाल पर गुस्सा आ रहा था। उसका जी चाह रहा था कि वह सबको धकेलकर सबसे आगे निकल जाए। लोग मंजिल पर पहुंचकर न जाने क्यों इतने धैर्य का प्रदर्शन करते है। कुछ देर बाद उसकी निगाहें स्वागत करने वालों की ओर गई। रेलिंग के पास बहुत से बेचैन हाथ हिल रहे थे। सहसा उसे एक परिचित चेहरा दिखाई दिया। उसका दिल जोर से धड़क उठा। उसके होंठों से निकला- 'बाबूजी!'

सामने ही एक सफेद बालों वाला बूढ़ा मोटे शीशे की ऐनक लगाए बेचैनी से हाथ हिला रहा था। फिर शेखर की नजर मां पर पड़ी। वह शेखर को देखकर बड़ी व्यग्रता से हाथ हिला रही थी। शेखर भी हाथ हिलाने लगा।

कुछ देर बाद शेखर एयरपोर्ट के हॉल में मां और पिता के पैर छू रहा था। माता-पिता ने उसके सिर पर हाथ फेरकर उसे आशीर्वाद दिया और उसे सीने से लगाया, लेकिन शेखर जबरदस्ती मुस्कराने की कोशिश कर रहा था, क्योंकि उसे मां और बाबूजी के साथ जिस चेहरे को देखने की आशा थी, वह उसे अभी तक दिखाई न दिया था। शेखर में इतना साहस न था कि वह उसके संबंध में कुछ पूछ पाता।

शेखर बुझे-बुझे मन से मां और बाबूजी के साथ कार में जा बैठा। एक विचित्र-सी बेचैनी उसे महसूस हो रही थी। मां और बाबूजी उससे बातें कर रहे

थे। लंदन के बारे में, उसकी शिक्षा के बारे में और उसके तीन वर्ष के लंदन-प्रवास के विषय में, लेकिन वह उनकी बातों का ठीक ढंग से उत्तर नहीं दे पा रहा था। वह हां-हूं में उत्तर दे रहा था।

बाबूजी उसके इस परिवर्तन को भांप गए और बोले- 'क्या बात है शेखर तुम्हारी तबीयत तो ठीक है?'

'जी हां, बिलकुल ठीक हूं।' शेखर ने जल्दी से उत्तर दिया।

'आप भी बुढ़ापे में सठिया गए है।' मां बोली - 'अरे इतनी दूर से सफर करके आ रहा है। थका हुआ है। घर पहुंचकर नहा-धोकर जब ताजा हो जाए, तब पूछ लेना।''

'हां-हां, मैं तो भूल ही गया था कि शेखर इतना लंबा सफर करके आ रहा है।'

'तुम तो हर बात भूल जाते हो।'

शेखर कुछ कहे बिना होंठों पर जीभ फेरकर रह गया। वह सोच रहा था कि एयरपोर्ट से कोठी तक की यात्रा कैसे पूरी होगी। यह उलझन कब समाप्त होगी? कृष्णा एयरपोर्ट पर क्यों नहीं आई? पूरे तीन वर्ष के बाद वह विदेश से लौटा है, क्या कृष्णा उसे लेने एयरपोर्ट तक नहीं आ सकती थी? इन तीन वर्षों में कृष्णा बदल तो नहीं गई? तीन वर्षों तक दूर रहने के कारण कहीं कृष्णा के मन से उसका प्यार दूर तो नहीं हो गया?

'नहीं-नहीं, यह असंभव है। कृष्णा मुझे नहीं भूल सकती। कृष्णा और मेरा प्यार अमर है, अटूट है।' शेखर ने मन-ही-मन कहा- 'लेकिन वह एयरपोर्ट पर क्यों नहीं आई? वैसे एयरपोर्ट आना कोई प्यार का प्रमाण तो है नहीं।'

सहसा उसे याद आया, पिछले पांच-छह महीने से कृष्णा ने उसे कोई पत्र भी नहीं लिखा था। लेकिन वह भी तो काफी-काफी दिनों बाद उसे पत्र लिखता था। पर उसने तो अपनी पढ़ाई में अधिक व्यस्त रहने के कारण पत्र देर-देर में लिखे थे, जबकि कृष्णा के साथ ऐसी कोई विवशता नहीं थी।

शेखर की घबराहट बढ़ने लगी। फिर उसने कुछ संभलकर डरते-डरते कहा- 'बाबूजी!'

'हां बेटे!'

'कृष्णा कैसी है बाबूजी?'

'अच्छी है।'

बाबूजी ने संक्षिप्त-सा उत्तर दिया और सिगार सुलगाकर इत्मीनान से कश लेने लगे। इस संक्षिप्त उत्तर ने शेखर की बेचैनी और बढ़ा दी। कृष्णा के एयरपोर्ट न आने का अवश्य ही कोई कारण है।

मां ने शेखर की ओर देखकर मुस्कराते हुए कहा- 'बेटा! शायद तुम्हें याद

नहीं, आज कृष्णा का जन्मदिन है।'

'ओह! आज 10 जनवरी है। मैं तो भूल ही गया था।'

'वह अपने जन्मदिन की तैयारी में व्यस्त है। इसके साथ ही आज उसने एक और खुशी की पार्टी की भी तैयारी करनी है।'

'कौन-सी खुशी की?' शेखर का दिल धड़क उठा।

'आज कृष्णा पूरे बीस वर्ष की हो जाएगी।'

'जी।'

'हमने सोचा कि आज ही उसकी सगाई की पार्टी भी हो जाए।'

'जी।'

'हमने सोचा कि आज ही उसकी सगाई की पार्टी भी हो जाए।'

'जी।' शेखर को एक झटका-सा लगा।

'हां बेटे! आज पार्टी में सगाई की घोषणा कर देंगे और अगले साल तक शादी कर देंगे।'

'अच्छा हुआ कि तुम भी इस मौके पर आ गए।' बाबूजी ने सिगार का धुआं छोड़ते हुए कहा।

शेखर को लगा, जैसे वह धुआं बाबूजी ने नहीं छोड़ा, बल्कि उसके दिल से निकला है। उसके दिल में कुछ जल रहा है, जिसका धुआं बाहर आ रहा है।

वह सोचने लगा- 'मैं तो सोच रहा था कि आज मेरे जीवन का सबसे बड़ा खुशी का दिन है, लेकिन यह दिन तो सबसे अधिक दु:ख का दिन सिद्ध हुआ। कृष्णा कैसे बदल गई? वह मुझसे क्यों रूठ गई?'

शेखर का दिल बार-बार भर आता था। जी चाह रहा था कि वहीं उतर जाए। लेकिन ऐसा कैसे हो सकता था। मां और बाबूजी ने ही उसे पाल-पोसकर इतना बड़ा किया है। अगर वे उसे यह न बताते कि वह उनका बेटा नहीं, उनके मित्र रामस्वरूप का बेटा है, तो वह उन्हीं को अपना मां-बाप समझता। उसे अपने-पिता की सूरत तक याद नहीं थी। उसके पिता रामस्वरूप बाबूजी के गहरे मित्र थे। उसके जन्म लेते ही उसकी मां का देहांत हो गया था, तो मांजी ने ही उसे पाला था और फिर जब उसके पिता का पत्नी के बिछुड़ने के दु:ख में हार्ट फेल हो गया तो उसकी पूरी जिम्मेदारी ही मांजी और बाबूजी पर आ पड़ी।

मांजी और बाबूजी ने शेखर को इस गलतफहमी में नहीं रखा कि वे ही उसके माता-पिता है। फिर भी उनके प्यार में किसी तरह की कमी नहीं आई। वे उसे वैसा ही प्यार करते थे, जैसे मां-बाप अपने बेटे को करते हैं।

कृष्णा मांजी और बाबूजी की सगी बेटी थी। बचपन से शेखर के साथ ही खेल-कूद कर बड़ी हुई थी। दोनों झगड़ते भी खूब थे लेकिन एक-दूसरे को

प्यार भी बहुत करते थे।

और एक दुर्घटना में तो वे एक-दूसरे के बिलकुल निकट आ गए थे। दोनों एक ही कॉलेज में पढ़ रहे थे। कृष्णा बी.ए. के अंतिम वर्ष में थी और शेखर एम. एससी. के अंतिम वर्ष में था। दोनों एन.आर.ई.सी. के सदस्य थे। दोनों साथ-साथ क्लब जाते थे। एक बार क्लब की ओर से पिकनिक का आयोजन किया गया। कॉलेज की बसें क्लब के सदस्यों को एक बहुत ही सुंदर पहाड़ी स्थान पर ले गईं । लड़के-लड़कियां एक ही होटल में ठहरे। वे दिन-भर आजादी से जहां जी चाहते वहां घूमते, लेकिन रात को अलग-अलग कमरों में चले जाते।

उसी पिकनिक के बीच एक दुर्घटना हुई थी।

नाश्ते के लिए डाइनिंग हॉल में आने में शेखर को कुछ देर हो गई। जब वह डाइनिंग हॉल में पहुंचा तो सब लोग नाश्ता शुरू कर चुके थे।

एक लड़के ने चिल्लाकर कहा– 'आओ लेटलतीफ।'

हॉल में एक कहकहा गूंज उठा। शेखर भी उस बात के कहकहों में शामिल हो गया। फिर जब शेखर के सामने नाश्ते की प्लेट आई तो उसमें आमलेट न था। उसने गुस्से से पूछा– 'इसमें से आमलेट कहां गया?'

एक लड़की ने कृष्णा की तरफ इशारा करके कहा– 'इससे पूछो।' कृष्णा ने इत्मीनान से चाय पीते हुए कहा– 'मुझे क्या मालूम। लेट आओगे तो चीजें ऐसे ही गायब होती रहेगी।'

'बुरी बात है कृष्णा!' जसपाल ने कहा– 'झूठ नहीं बोला करते। भगवान बुरा मानता है।'

'क्या मतलब?' शेखर ने जसपाल को घूरते हुए कहा।

'यार! तुम्हारे आमलेट पर बर्फ जमने वाली थी। लेकिन आमलेट गर्म अच्छा लगता है और आइसक्रीम ठंडी। कृष्णा ने सोचा कि अगर आमलेट ठंडा हो गया, तो तुम्हें अच्छा नहीं लगेगा।'

'तो आमलेट कृष्णा ने खा लिया।' शेखर ने गुस्से से कहा।

'नहीं, कृष्णा एक आमलेट से अधिक नहीं खा सकती। लड़कियों के लिए नॉर्मल डाइट जरूरी है, वरना मोटी हो जाती हैं।'

'तो फिर आमलेट कहा गया?'

'कृष्णा ने मुझे दे दिया।'

शेखर ने भिन्नाकर कृष्णा की ओर देखा। कृष्णा बराबर में बैठी हुई लड़की से बड़े इत्मीनान से बोली– 'क्यों जूली! डॉक्टर यही तो कहते हैं कि गुस्सा

स्वास्थ के लिए हानिकारक है?'

'बेशक!'

शेखर दांत पीसता हुआ नाश्ता करने लगा। ऐसा लगता था जैसे वह नाश्ता नहीं कर रहा, बल्कि किसी की हड्डियां चबा रहा हो। सबने एक जोरदार कहकहा लगाया। कुछ सोचकर शेखर भी हंसने लगा।

नाश्ते के बाद सब लोग डाइनिंग हॉल से निकले और ग्रुपों में बंट गए। शेखर झील में बोटिंग के लिए जाने वाले ग्रुप में शामिल हो गया। कृष्णा चाइना पीक जाने वाले ग्रुप मे शामिल हो गई। जसपाल भी उसी ग्रुप में था। शेखर को यह बात अच्छी न लगी, लेकिन उसने कृष्णा से कुछ कहा नहीं।

जब कृष्णा अपने कमरे की ओर जा रही थी, तो जसपाल ने सीढ़ियों के पास उसे रोककर कहा– 'कृष्णा! तुम नाराज हो गई?'

'मुझसे बात मत करो।' कृष्णा ने कहा– 'मैंने तुम्हे आमलेट दिया तो तुमने मेरा ही नाम ले दिया।'

'मैं तो शेखर को चिढ़ा रहा था। तुम नाराज हो गई।'

कृष्णा बिना उत्तर दिए अपने कमरे में चली गई।

जसपाल ने इत्मीनान से कहा– 'कोई बात नहीं, हम तुम्हें मना ही लेंगे।'

फिर वह गुनगुनाता हुआ अपने कमरे की ओर बढ़ गया।

तभी शेखर ने अपने पीछे खड़ी दो लड़कियों को धीमी आवाज में कहते सुना– 'लगता है कृष्णा की भी शामत आने वाली है।'

'और क्या! बेचारी मीना आज तक सिर पकड़कर रो रही है।'

'अपनी खूबसूरती का अनुचित लाभ उठाता है स्साला।'

'राइडिंग चैंपियन भी तो है। उस दिन क्लब की वार्षिक राइडिंग प्रतियोगिता में जब भाग ले रहा था, तो कृष्णा कह रही थी-घोड़े पर तो जसपाल बिलकुल राजुकमार मालूम होता है।'

शेखर तेजी से अपने कमरे की ओर बढ़ गया। उसके दिल में एक अजीब-सी बेचैनी पैदा हो रही थी। वह जानता था कि कृष्णा अल्हड़ है, जसपाल की चालों को समझ नहीं पाएगी। कृष्णा को शेखर से न जाने क्यों चिढ़ थी। अगर शेखर उससे जसपाल के बारे में कुछ कहता, तो वह जसपाल की ओर और भी अधिक तेजी से बढ़ जाती। यहां मांजी और बाबूजी भी नहीं थे। कृष्णा की जिम्मेदारी उसी पर थी।

शेखर अभी कुछ निर्णय न कर पाया था कि एक लड़के ने उसके कंधे पर हाथ रखकर कहा– 'क्या सोच रहे हो। चलो ना, सब लोग तैयार हो चुके हैं। एक आमलेट का क्या गम करते हो, मैं तुम्हें दस आमलेट खिला दूंगा।'

शेखर उस लड़के के साथ बाहर आया, लेकिन वह बुरी तरह बेचैन था।

अगर उसे मालूम होता कि कृष्णा चाइना पीक जाएगी, तो वह भी उसी ग्रुप में शामिल हो जाता। लेकिन अब विवशता थी, ग्रुप बदलना कठिन था।

वह लड़कों के साथ बोटिंग के लिए चला गया। उसे यही चिंता लगी रही कि कृष्णा के साथ कोई दुर्घटना न हो जाए। वह शाम को होटल में लौटे तो उसे पता चला कि चाइना पीक जाने वालों का ग्रुप अभी तक नहीं लौटा है। वह और भी चिंतित हो गया। कुछ देर बाद उसने अपना ओवरकोट पहना और कमरे से बाहर आ गया।

गाइड ने पूछा– 'कहां जा रहे हैं साहब?'

'कहीं नहीं, यों ही जरा।'

'साहब! हिमपात शुरू होने वाला है।'

शेखर के दिल को और भी जोर का धक्का लगा। वह तेजी से होटल से निकला और उस ओर बढ़ गया, जहां टट्टू खड़े रहते थे। उसने एक टट्टूवाले से टट्टू मांगा, तो उसने कहा–

'साहब! इस समय कहां जाएंगे? थोड़ी देर में ही बर्फ पड़ने लगेगी।'

'अगर तुम नहीं जा सकते तो न जाओ, मुझे अपने एक साथी की खोज में जाना है। मैं कगोनशन होटल में ठहरा हुआ हूं। मेरे कमरे का नंबर 115 है।'

वह टट्टू पर सवार होकर चाइना पीक की ओर चल पड़ा। हल्की-हल्की बर्फ पड़ने लगी थी।

◻◻
◻◻

बर्फ तेजी से बरसने लगी थी। कृष्णा को वापस लौटने के लिए काफी देर हो चुकी थी। वह काफी ऊंचाई पर थी। उसके बराबर ही जसपाल का घोड़ा भी चल रहा था। उसके ग्रुप के दो साथी आगे आ चुके थे। वे अब आंख से ओझल हो चुके थे। सर्दी की अधिकता से कृष्णा की नाक की लौंग और कान की लबें बर्फ की तरह जमती जा रही थीं।

उसने घोड़े को जरा तेज किया तो जसपाल ने उसके निकट आकर कहा–

'क्या करती है कृष्णा? घोड़ा फिसल गया तो कहां होगी तुम?'

'बहुत देर हो गई जसपाल! बर्फ बढ़ती जा रही है।'

'बढ़ने दो। इन खतरों को ही तो जिंदगी कहते हैं कृष्णा।'

'थोड़ी देर बाद रास्ता बर्फ से ढंक जाएगा, तब पता चलेगा। आइसक्रीम बनकर रह जाएंगे हम दोनों।'

'छोड़ो भी! हम दोनों जवान हैं, बूढ़े तो नहीं।'

'अरे! अब तो वे दोनों भी दिखाई नहीं दे रहे।'

'जहन्नुम में झोंको उन्हें। उधर जरा दाईं ओर देखो! कितनी ऊंचाई पर हैं

हम लोग। ऐसा लगता है–जैसे बर्फ की सफेद चुनरियां ओढ़ ली हो इन पहाड़ियों ने। वह देखो, झील कैसी दिखाई दे रही है? जैसे पानी भरे कटोरे से भाप उठ रही हो।'

'मुझे तो अब बहुत सर्दी लगने लगी जसपाल।' कृष्णा कंपकंपाती हुई बोली।

'लेकिन मुझे तो बिलकुल नहीं लग रही।'

थोड़ी देर बाद रास्ता धुंध में बिलकुल छिप गया। एक जगह घोड़े को ठोकर लगी तो कृष्णा की चीख निकल गई। वह गिरते-गिरते बची। जसपाल ने फुर्ती से छलांग लगाई और कृष्णा के घोड़े की लगाम पकड़कर बोला–

'नीचे उतर आओ कृष्णा। अब घोड़े का सफर खतरनाक है।'

कृष्णा का पूरा बदन थर-थर कांप रहा था। जसपाल ने कृष्णा की बगलों में हाथ डालकर बड़ी बेतकल्लुफी से उसे घोड़े से उतार लिया। कृष्णा को यह अच्छा नहीं लगा। जसपाल ने दोनों घोड़ों की लगामें थाम लीं। कृष्णा उसके साथ-साथ घिसटती हुई चलने लगी।

जसपाल ने बड़े रोमांटिक अंदाज से कहा– 'कितना सुंदर एडवेंचर भरा सफर है। जी चाहता है, सारी उम्र चलते ही रहें।'

'हां, जिंदगी खत्म होने में देर ही कितनी होती है यहां?' कृष्णा बोली।

'सच मानो कृष्णा। हम लोग शादी के बाद हनीमून मनाने यहीं आएंगे।'

'जरूर आना, मैं तो लानत भेजती हूं ऐसी जगह पर।'

'तो क्या मैं अकेला हनीमून मनाने आऊंगा?'

'क्या मतलब?'

'हम दोनों शादी करेंगे न!'

'किस खुशी में?'

'क्या हम दोनों एक-दूसरे से प्यार नहीं करते?'

'ये बेकार की बातें फिर कभी करना–यहां तो सर्दी के मारे जान निकली जा रही है।'

'आओ, मेरे ओवरकोट में आ जाओ।'

'मजाक मत करो। अब मुझसे चला नहीं जा रहा। कोई जगह ढूंढो, जहां घड़ी-भर आश्रय लिया जा सके।' कृष्णा ने थर-थर कांपते हुए कहा।

'पास ही है एक जगह। मैं कई बार वहां जा चुका हूं।'

एक जगह कृष्णा को ठोकर लगी तो जसपाल ने जल्दी से उसका हाथ थामकर कहा– 'संभलकर। जरा-सी गलती हड्डियों को चूर-चूर कर देगी।'

कृष्णा ने अपना हाथ छुड़ाना चाहा, लेकिन जसपाल ने उसका हाथ और मजबूती से पकड़ लिया।

'क्या बेवकूफी है, मैं क्या तुम्हें खा जाऊंगा?' जसपाल ने कहा– 'कृष्णा! नारी को हर कदम पर पुरुष के सहारे की आवश्यकता होती है।'

कृष्णा चुप हो गई।

जसपाल कृष्णा को एक गुफा में ले गया। छोटी-सी गुफा थी, लेकिन उसमें दस-बारह आदमी बड़े आराम से बैठ सकते थे।

कृष्णा थर-थर कांप रही थी। जसपाल ने उसकी ओर मुड़कर देखा– 'तुम तो बुरी तरह से कांप रही हो।'

'थरथरी बंद ही नहीं हो रही।'

'आओ, मैं तुम्हें गर्म कर दूं।'

जसपाल ने कहकर कृष्णा को अपनी बांहों में समेट लिया, किन्तु कृष्णा घबराकर उसकी बांहों में से निकलने की कोशिश करने लगी।

'अरे-अरे! यह क्या करते हो?'

'क्या पागलपन है कृष्णा। यहां कौन देख रहा है?'

'अरे छोड़ो मुझे।'

'अगर नहीं छोड़ा तो?' जसपाल ने शरारत से कहा।

कृष्णा के दिल को पहली बार धक्का लगा। वह भयभीत होकर बोली– 'क...क...क्या... मतलब?'

'मतलब तो किसी मासूम बच्ची को समझाया जाता है।'

'जसपाल!'

'डार्लिंग तुम बहुत सुंदर हो। मैंने निश्चय कर लिया है कि अगले वर्ष ही तुमसे शादी कर लूंगा।'

'मैं कहती हूं छोड़ दो मुझे।'

'अरे, जब हम दोनों एक-दूसरे के होने वाले हैं तो...।'

'बको मत, मुझे नहीं मालूम था कि तुम इतने नीच निकलोगे।'

'चलो, यह बात सिद्ध हो गई तो।'

'मैं शोर मचा दूंगी।'

जसपाल ने कहकहा लगाकर कहा– 'यहां कौन बचाने आएगा तुम्हें?'

कृष्णा का दिल बुरी तरह धड़क उठा। वह कांपते स्वर में बोली– 'मैं–मैं तुम्हारा रेस्टीकेशन करा दूंगी।'

'यह तो तभी संभव है, जब तुम यहां से वापस जा सको।'

'क्या मतलब?'

'डार्लिंग! जसपाल जिस चीज को पाना चाहता है, उसे पाकर ही छोड़ता है। भले ही उसके लिए खून ही क्यों न करना पड़े। तुम्हारे रूप-सौंदर्य को जी भरकर पी लेने के बाद तुम्हें किसी खाई में धकेल दूंगा, साथ ही तुम्हारे घोड़े

को भी। कोई सोच भी नहीं पाएगा कि यह काम मैंने किया होगा। लोग इसे दुर्घटना ही समझेंगे।'

कृष्णा के बदन में सन्नाटे की लहरें दौड़ गईं। जसपाल और भी अभद्रता पर उतर आया।

कृष्णा बिलबिला रही थी। वह बोली– 'मुझे मार डालो, लेकिन मेरी आबरू मत लूटो।'

जसपाल कहकहा लगाकर बोला– 'अकारण खून करने से मुझे क्या मिलेगा कृष्णा?' फिर वह कृष्णा को जमीन पर जबरन लिटाने की कोशिश करने लगा।

कृष्णा की चीखें निकल गईं। उसने जसपाल की कलाई में दांत गड़ा दिए। जसपाल ने बिलबिलाकर उसे छोड़ दिया। कृष्णा चीखती हुई गुफा के मुंह की ओर दौड़ी, लेकिन वह किसी से टकराई और उसके मुंह से चीख निकल गई। जैसे ही उसकी नजर टकराने वाले पर पड़ी तो उसके मुंह से फिर चीख निकली–

'शेखर!'

वह शेखर से लिपटकर रोने लगी।

'मुझे बचाओ शेखर।'

जसपाल की आंखें आश्चर्य से फटी रह गईं। वह कांपते स्वर में बोला– 'शेखर! तुम इस समय यहां?'

'हां, मैं।' शेखर ने होंठ भींचकर कहा।

'अरे शेखर!' जसपाल ने स्वयं को संभालकर आगे बढ़ते हुए कहा– 'यह तो बड़ी डरपोक लड़की है। मैंने तो आजमाने के लिए मजाक किया था, लेकिन यह मजाक को सच समझ बैठी।'

जैसे ही जसपाल शेखर के पास पहुंचा, शेखर का एक घूंसा जसपाल के मुंह पर पड़ा। जसपाल लड़खड़ाकर पीछे हट गया।

कृष्णा रोती हुई चिल्लाई– 'मार डालो शेखर। इसे मार डालो। यह कमीना-कुत्ता मेरी आबरू लूटकर मुझे खाई में फेंक देना चाहता था।'

जसपाल ने इत्मीनान से ठोड़ी का खून पोंछा। अपना जूता उतारा और उसे शेखर की ओर बढ़ाते हुए बोला–

'अगर तुम्हें अब भी विश्वास नहीं कि मैंने कृष्णा के साथ केवल मजाक किया था, तो यह जूता लो और जितना मुझे मार सकते हो, मारो।'

'यह जूतों की मार तुम्हारे लिए बेकार है। तुम्हें तो सबके सामने जलील किया जाएगा।' शेखर ने होंठ भींचकर कहा।

जसपाल कुछ देर खड़ा उन्हें देखता रहा, फिर उसने जूता पहना और चुपचाप गुफा से निकल गया।

कृष्णा शेखर के सीने से लगी थर-थर कांपती हुई बोली– 'शेखर! अगर इस समय तुम न आते, तो न जाने आज मेरा क्या हाल हुआ होता?'

'तुम अब कोई चिंता न करो। तुम्हारा अब कोई कुछ नहीं बिगाड़ सकता।' शेखर ने कृष्णा की पीठ थपथपाते हुए कहा।

कृष्णा शेखर के सीने से लिपटकर रोने लगी।

□□
□□

ड्राइवर ने एक साथ ब्रेक लगाए तो शेखर चौंक पड़ा। उसने हड़बड़ाकर देखा। सामने से आता कोई साइकिल सवार कार के नीचे आते-आते बच गया था। ड्राइवर ने उसे भला-बुरा कहा। मांजी ड्राइवर का साथ दे रही थीं। बाबूजी बड़े इत्मीनान से सिगार का धुआं उड़ा रहे थे।

शेखर ने एक ठंडी सांस ली और फिर कृष्णा के बारे में सोचने लगा। इस दुर्घटना के बाद कृष्णा धीरे-धीरे दिल में उतरती चली गई थी। दोनों एक-दूसरे को प्यार करने लगे थे। जसपाल ने होटल में पहुंचते ही एक बहुत बड़ा नाटक किया था। वह दृश्य शेखर को आज तक याद था, जब शेखर और कृष्णा होटल पहुंचे थे।

□□
□□

शेखर और कृष्णा होटल पहुंचे तो उसके साथ आए हुए प्रोफेसर बड़ी बेचैनी से उनकी प्रतीक्षा कर रहे थे। उन्होंने उन दोनों को देखकर कहा–

'शुक्र है तुम लोग आ गए। मैं तो गाइडों की एक पूरी टीम तुम्हारी खोज में भेजने वाला था।'

'बर्फ रुकने के इंतजार में हमें देर हो गई।' शेखर ने कहा।

फिर शेखर और कृष्णा हॉल में खड़े अपने साथी स्टूडेंट्स को देखकर चौंक पड़े। जसपाल उन सबमें आगे गर्दन झुकाए खड़ा था। उसने आगे की ओर हाथ बांध रखे थे। उसे देखकर शेखर की आंखों में खून उतर आया। कृष्णा के भी होंठ भिंच गए। प्रोफेसर ने उन दोनों को देखा और फिर पलटकर शेखर व कृष्णा की ओर मुड़कर बोला–

'जसपाल ने मुझे ही नहीं, हम सबको बहुत कुछ बता दिया है।'

'जी!' कृष्णा बोली।

'हां कृष्णा! जसपाल गीता उठाने के लिए तैयार है कि उनकी नीयत में कोई खोट नहीं था, क्योंकि वह अकसर शरारतें करता रहता है। उसने तुम्हें डराने के लिए शरारत की थी। तुम उसे सच मान बैठीं। जसपाल का कहना है कि अगर तुम्हें विश्वास न हो, तो तुम जो भी चाहो उसे सजा दे सकती हो।'

जसपाल आगे बढ़कर भर्राई हुई आवाज में बोला– 'विश्वास करो कृष्णा। मैं तुम्हें सिर्फ डरा रहा था। फिर भी अगर तुम मुझे गलत समझती हो, तो तुम और सभी साथी मुझे जूतों से पीट सकते हो। तुम चाहो तो मेरा रेस्टीकेशन करा सकती हो।'

कृष्णा कुछ न बोली। लेकिन उसके चेहरे से लग रहा था कि उसे जसपाल की बात पर कुछ-कुछ विश्वास हो चला है।

प्रोफेसर ने कहा– 'बोलो कृष्णा! जसपाल के साथ क्या सलूक किया जाए?'

'जी...!'

एक लड़का आगे बढ़कर बोला– 'कृष्णा प्लीज! जसपाल को माफ कर दो, इसमें तुम्हारी कहां की तौहीन हैं। अगर इसका रेस्टीकेशन हो गया, तो इसका कैरियर बर्बाद हो जाएगा।' एक अन्य विद्यार्थी ने कहा।

'जसपाल हमारे कॉलेज का ही नहीं, पूरे देश का राइडिंग चैंपियन है।' दूसरे विद्यार्थी ने कहा।

सब लोगों के आग्रह पर कृष्णा को जसपाल को माफ करना पड़ा, लेकिन शेखर को यह बात पसंद नहीं आई।

जसपाल की आंखों में आंसुओं की चमक थी, लेकिन शेखर जानता था कि ये आंसू मगरमच्छ के आंसू हैं।

अचानक एक ट्रक तेजी से हॉर्न बजाता हुआ बराबर से निकल गया। शेखर फिर उछल पड़ा। उसने इधर-उधर देखा। कोठी अब अधिक दूर नहीं थी। उसका दिल बैठने लगा। कोठी सजी हुई होगी। आज कृष्णा की सगाई है ना।

शेखर का दिल फिर डूबने लगा। आखिर कृष्णा की जल्दबाजी ने अपना निश्चय क्यों बदल लिया? क्या दूर रहने से प्यार समाप्त हो जाता है? कृष्णा की सगाई किसके साथ हो रही है? कहीं वह जसपाल से ही तो शादी नहीं कर रही? शेखर के दिल को एक धक्का लगा। उसे याद आया कि जब वह और कृष्णा एक-दूसरे के बहुत निकट आ गए थे, तो कृष्णा ने उसे जसपाल का एक प्रेम-पत्र दिखाया था। जसपाल ने उस पत्र में कृष्णा को लिखा था कि वह कृष्णा के बिना अपने आपको अधूरा समझता है। कृष्णा ने उसकी खूब हंसी उड़ाई थी।

एक दिन कृष्णा को कॉलेज के गार्डन के अंदर एक कुंज में अकेला देखकर जसपाल ने उसके पैर पकड़कर माफ करने को कहा था और खूब रोया था। कृष्णा ने जब शेखर को यह घटना सुनाई तो वह जसपाल की इस हरकत

से कुछ प्रभावित दिखाई दी थी।

शेखर ने कहा था– 'कृष्णा! तुम जसपाल के नाटक को नहीं समझतीं। उसने तुम्हें पाने का निश्चय कर लिया है। वह किसी भी कीमत पर तुम्हें पाना चाहता है।'

'उहूं!' कृष्णा ने बड़ी उपेक्षा से कहा था– 'तुम्हें तो हर बात में षड्यंत्र ही दिखाई देता है।'

'तो क्या तुम उसे सच्चा समझती हो?'

'हो सकता है वह सच्चा ही हो।'

'तो फिर जाओ, उसके प्यार का उत्तर प्यार से दो। लगा लो उसे गले से।'

शेखर उठकर जाने लगा तो कृष्णा ने उसका हाथ पकड़कर हंसते हुए कहा– 'सच कहते हैं मर्द बड़े शक्की होते हैं।'

'बहुत अच्छे। क्या आंखों देखी बात में भी संदेह हो सकता है?'

'आंखों देखी कौन-सी बात?'

'तुम यह समझ रही हो कि वह तुमसे सच्चा प्यार करता है?'

'तो इसका मतलब यह थोड़े ही है कि मैं भी उसे सच्चा प्यार करने लगी हूं। शेखर! नारी अपने जीवन में केवल एक बार किसी को प्यार करती है और वह अधिकार मैं तुम्हें दे चुकी हूं।'

कृष्णा शेखर के सीने से लग गई थी। शेखर के मन का संदेह मिट गया था।

इसके बाद शेखर उच्च शिक्षा के लिए इंग्लैंड गया, तो कृष्णा फूट-फूटकर रोई थी। उसने वादा किया था कि वह उसकी प्रतीक्षा करेगी।

तो क्या कृष्णा उस वादे को भूल गई? क्या जसपाल का जादू उस पर चल गया? क्या कृष्णा उसी के साथ विवाह कर रही है? क्या जसपाल ने ही जान-बूझकर सगाई के लिए शेखर के आने का दिन निश्चय कराया है?

जैसे-जैसे कोठी पास आती जा रही थी, शेखर की बेचैनी बढ़ती जा रही थी। वह सोच रहा था कि वह कृष्णा की सगाई किसी दूसरे के साथ होते हुए कैसे देख सकता है। भले ही कृष्णा प्यार की उन घड़ियों को भूल गई है, लेकिन वह कैसे भूल सकेगा। ऐसी स्थिति में क्या वह इस घर में रह सकेगा?

कुछ देर बाद कार कोठी के कंपाउंड में पहुंची और बरामदे में जाकर रुक गई। शेखर मन पर एक बोझ लिए कार से उतर गया। मां और बाबूजी भी उतर आए। नौकर लपककर उनके पास आ गए। उन्होंने शेखर को हाथ जोड़कर प्रणाम किया और जल्दी-जल्दी सामान उतारने लगे। लेकिन कृष्णा दिखाई न दी। शेखर की बेचैन नजर कृष्णा की खोज में इधर-उधर भटक रही थी।

कोठी बहुत सुंदर सजाई गई थी।

शेखर का मां और बाबूजी के साथ हॉल में पदार्पण हुआ। हॉल दुल्हन की तरह सजा हुआ था। छत में रंग-बिरंगी बत्तियां लटक रही थीं। रंगीन बल्बों की झालरें लगी थीं। गैस के गुब्बारे इधर-उधर उड़ रहे थे। हॉल के बीचोबीच एक बड़ी-सी मेज पर एक बहुत बड़ा और बहुत ही सुंदर केक रखा हुआ था, जिस पर क्रीम से 'ताजमहल' बनाया गया था।

शेखर ने बेचैन नजरों से कृष्णा को ढूंढा, लेकिन वह उसे दिखाई न दी।

बाबूजी ने शेखर की ओर मुड़कर कहा— 'आओ शेखर! अभी तो कृष्णा का बर्थडे सेलिब्रेट होने में देर है, तब तक हम लोग बिलियर्ड खेलें।'

'क्यों, तुम्हारा दिमाग सठिया गया है?' मांजी आंखें निकालकर बोलीं— 'अरे! यह इतनी दूर से आ रहा है। नहा-धोकर कपड़े बदले या तुम्हारे साथ बिलियर्ड खेले?'

'ओफ्फो! मैं बार-बार भूल जाता हूं। तुम जाओ बेटे, नहा-धोकर कपड़े बदल लो।'

शेखर ने अपनी अटैची से कपड़े निकाले और बाथरूम की ओर बढ़ गया। वह बाथरूम से निकला तो कृष्णा की कुछ सहेलियां आ चुकी थीं। शेखर को देखते ही वे उसकी ओर लपकीं।

एक सहेली ने आश्चर्य से पूछा— 'अरे शेखर बाबू! आप कब आए?'

'जी, बस अभी थोड़ी देर पहले ही आया हूं।'

'कमाल है! आप आज आने वाले थे, यह बात तो हमें कृष्णा ने बताई ही नहीं।'

'शायद भूल गई होगी।' शेखर ने फीकी-सी मुस्कराहट के साथ कहा।

सहेलियां शेखर से लंदन प्रवास के बारे में पूछने लगीं। शेखर उन्हें बताता रहा। लेकिन वह सोच रहा था कि कृष्णा ने अपनी इन सहेलियों को अपनी बर्थडे और सगाई की पार्टी में बुलाया है, तो उसने मेरे आने के बारे में इन्हें क्यों नहीं बताया।

एक लड़की ने कहा— 'शेखर बाबू! लंदन में रहकर तो आप बिलकुल ही बदल गए हैं।'

'वह कैसे?'

'पहले से ज्यादा सुर्ख-सफेद हो गए हैं। पहले से कहीं ज्यादा सुंदर दिखाई देने लगे हैं। लेकिन आश्चर्य है कि आप अकेले ही लौट आए।'

'तो क्या किसी को साथ लेकर लौटता?'

'हमने तो सुना है कि यहां से इंग्लैंड जाने वाला, जब लौटता है तो उसके साथ गोरी मेम जरूर होती है।'

शेखर के होंठों पर फीकी-सी मुस्कराहट दौड़ गई।

दूसरी लड़की ने चुटकी ली– 'कहीं भारत में ही किसी से अकेले लौटने का वादा तो नहीं कर गए थे?'

शेखर के दिल पर एक घूंसा-सा लगा। उसकी बेचैन नजरें फिर कृष्णा को ढूंढने लगीं।

तभी एक लड़की चौंककर बोली– 'अरे! कृष्णा अभी तक दिखाई नहीं दी?'

'सिंगार कर रही होगी।'

'हां जी, आज बिजलियां जो गिरानी है।'

शेखर दिल पर एक बोझ लिए लड़कियों के पास से हटकर एक खंभे के पास जा खड़ा हुआ।

मेहमानों की भीड़ बढ़ती जा रही थी, लेकिन उनमें शेखर का कोई मित्र न था। इससे स्पष्ट था कि उसके किसी भी मित्र को उसके आने की सूचना नहीं दी गई और सूचना देने वाली केवल कृष्णा ही थी।

शेखर बुझे-बुझे मन से खंभे के पास खड़ा सिगरेट के धीमे कश ले रहा था।

अचानक एक लड़की ने कहा– 'वह आ गई कृष्णा।'

शेखर का दिल बहुत जोर से धड़क उठा। उसने सीढ़ियों की ओर देखा। कृष्णा धीरे-धीरे सीढ़ियों से उतर रही थी। हल्के गुलाबी रंग की साड़ी, हल्का-सा मेकअप किए कृष्णा अप्सरा-सी दिखाई दे रही थी। उसके होंठों पर बहुत ही आकर्षक मुस्कराहट थी। आज से पहले वह इतनी सुंदर दिखाई न दी थी। कृष्णा का एक-एक कदम शेखर के दिल पर एक-एक मन भारी पड़ रहा था। उसके होंठों की मुस्कराहट शेखर के मन की शांति को जलाकर खाक बनाती जा रही थी। उसका जी चाह रहा था कि वह कृष्णा को अपनी बांहों में ले-ले और चिल्लाकर कहे–

'तुम मेरी हो कृष्णा। तुम्हारे इस अप्सराओं जैसे सौंदर्य पर केवल मेरा अधिकार है। मैंने वर्षों तुम्हारी पूजा की है। मैं तुम्हारे ऊपर किसी और का अधिकार न होने दूंगा।'

लेकिन शेखर कुछ न कह सका। जब कृष्णा शेखर के पास से गुजरने लगी तो उसने शेखर पर अजनबी जैसी एक उचटती नजर डाली। मानो उसने शेखर को आज से पहले कभी देखा भी न हो। शेखर की ओर बिना ध्यान दिए कृष्णा आगे बढ़ गई। शेखर का जी चाहा, कृष्णा की गर्दन पकड़ ले और घमंड से अकड़ी गर्दन को दबाकर इन सुंदर होंठों की मुस्कराहट को हमेशा-हमेशा के लिए निष्प्राण कर दे।

लेकिन शेखर कुछ न कर सका। कृष्णा अपनी सहेलियों के झुरमुट में मेज

के पास पहुंचकर किसी बात पर कहकहे लगाने लगी। शेखर वहीं खड़ा रहा। उसकी उंगलियों में दबी सिगरेट सुलगते-सुलगते जब उसकी उंगलियों को जलाने लगी तो उसे होश आया। उसने जल्दी से सिगरेट फेंक दी और तेजी से अपने कमरे की ओर बढ़ने लगा।

अचानक सामने से बाबूजी को आते देखकर वह ठिठक गया। बाबूजी ने उसका चेहरा ध्यान से देखा, फिर चिंतित स्वर में बोले—

'क्या बात है शेखर बेटे! तुम्हारी तबीयत तो ठीक है?'

'जी हां।' शेखर ने संभलकर कहा।

'नहीं, कुछ-न-कुछ गड़बड़ जरूर है। आओ, एक-एक हाथ बिलियर्ड खेलें। दोनों ही खुश हो जाएंगे।'

बाबूजी शेखर का हाथ पकड़कर उसे बिलियर्ड रूम में ले गए।

'शेखर बेटे! जबसे मैं रिटायर हुआ हूं, मुझे हंगामे बहुत अच्छे लगने लगे हैं। आओ! इसलिए मैं हंगामों से ज्यादा-से-ज्यादा दूर रहता हूं।' बाबूजी ने कहा।

'जी! हंगामे अच्छे लगते हैं और उनसे दूर भी रहने लगे हैं?' शेखर ने आश्चर्य से कहा।

'हां भई, मेरा हमेशा से यही उसूल रहा है कि जो चीज अच्छी लगे, उससे दूर रहो ताकि अगर जरूरत पर वह चीज न मिले तो दुःख न हो।'

बाबूजी ने स्टिक उठाकर खेल शुरू कर दिया।

'जब हम जवान थे, तो एक लड़की से हमें प्यार हो गया था। हर घड़ी बस यही जी चाहता रहता था कि वह लड़की हमारे सामने रहे। जब वह हमारे सामने न होती, तो हमें खाना-पीना अच्छा न लगता। फिर हमने सोचा कि यह तो जीवन-भर का रोना बन जाएगा, इसलिए जब हमारी शादी की बात चली, तो हमने अपनी प्रेमिका से शादी करने से इंकार कर दिया।'

'जी!'

'हां, और हमने एक ऐसी लड़की से शादी कर ली, जिसे हमने पहले कभी देखा न था। इसका परिणाम यह हुआ कि जब हम अपनी पत्नी को छोड़कर कहीं चले जाते थे, तो हमें कोई परेशानी नहीं होती थी।'

फिर बाबूजी ने अपने जीवन के अनुभव बताने शुरू किए। लेकिन शेखर का मन उनकी बातों में नहीं लग रहा था। उसका मन खेल में भी नहीं लग रहा था। उसका मन तो हॉल में पड़ा था। जब तालियों का शोर जोर से गूंजता तो शेखर सोचने लगता कि शायद जसपाल आ गया है। न जाने कैसे उसे विश्वास हो गया था कि कृष्णा की सगाई जसपाल से ही हो रही है। जसपाल के अतिरिक्त उसके प्यार पर डाका डालने की सामर्थ्य किसी और में नहीं है।

अचानक तालियों का बहुत जोर का शोर गूंज उठा। न जाने क्यों शेखर को

लगा, जैसे ये तालियां जसपाल के स्वागत में बजाई गई हैं। तालियों की आवाज सुनकर बाबूजी भी तालियां बजाने लगे।

तभी मांजी तेजी से वहां पहुंचीं और बाबूजी के हाथ से स्टिक छीनकर गुस्से से बोलीं—

'अरे, मैंने तो तालियां बजाई थीं।'

मांजी ने शेखर की ओर मुड़कर गुस्से से कहा— 'शेखर बेटे! यह तो सठिया गए हैं, लेकिन तुम तो समझदार हो।'

'वह...मांजी!'

'चलो, कृष्णा केक काटने वाली है।'

शेखर और बाबूजी मांजी के पीछे-पीछे हॉल में आ गए। शेखर को ऐसा लगा, जैसे मांजी उसे अपनी मुहब्बत के जनाजे में शामिल होने के लिए पकड़ लाई है।

हॉल में पहुंचकर शेखर चुपचाप मेज के पास एक खाली जगह पर गर्दन झुकाकर खड़ा हो गया। उसने निश्चय कर लिया था कि वह कृष्णा की ओर नहीं देखेगा ताकि उसे और अधिक दु:ख न हो।

कृष्णा ने केक काटा। लड़के-लड़कियों ने मिलकर हैप्पी बर्थडे गाया। हॉल तालियों के शोर से गूंज उठा। शेखर को भी विवश होकर तालियां बजानी पड़ीं और होंठ भी हिलाने पड़े।

शेखर को लगा, जैसे अब उसे मृत्युदंड सुनाया जाने वाला है। वह सोच रहा था कि कहीं आस-पास ही जसपाल भी खड़ा होगा और बाबूजी थोड़ी देर में ही कृष्णा की सगाई की घोषणा करेंगे।

और दूसरे ही पल बाबूजी का भारी-भरकम स्वर गूंज उठा।

'शांत हो जाइए। शांत हो जाइए।'

हॉल में खामोशी छा गई।

बाबूजी ने ऊंची आवाज में कहा—

'सम्मानित मेहमानों! आप लोगों को सूचित किया जाता है कि आज मेरी बेटी कृष्णा की सालगिरह के अवसर पर आप लोगों को आमंत्रित तो किया ही गया है, साथ ही एक अन्य शुभ अवसर के लिए भी आप लोगों को इस पार्टी में भाग लेने के लिए आमंत्रित किया गया है। यह पार्टी कृष्णा की सालगिरह की खुशी के साथ-साथ कृष्णा और शेखर की सगाई की खुशी में दी जा रही है।'

हॉल तालियों की गड़गड़ाहट से गूंज उठा। शेखर को अपने कानों पर विश्वास नहीं हुआ। उसे लगा, जैसे वह कोई सपना देख रहा है।

शेखर की निगाहें कृष्णा की ओर उठ गईं। कृष्णा ने सबकी नजरें बचाकर

शेखर को जीभ दिखाई। शेखर का जी चाहा कि दौड़कर कृष्णा को अपनी बांहों में भींच ले और इतनी जोर से भींचे कि उसकी हड्डी-पसलियां चटकने लगें।

कृष्णा उसे शरारत से देख रही थी। शेखर सोच रहा था कि कृष्णा की शरारत ने तो आज उसकी जान ही निकाल दी थी।

अचानक बाबूजी ने शेखर का हाथ पकड़कर उसे चौंका दिया।

'अरे भई, क्या सो गए! चलो सगाई की अंगूठी पहनाओ कृष्णा को।'

शेखर ने बाबूजी के हाथ से अंगूठी की डिबिया ले ली। वह धीरे-धीरे कृष्णा की ओर बढ़ा। जब उसने कृष्णा की उंगली में और कृष्णा ने उसकी उंगली में अंगूठियां पहनाईं तो हॉल तालियों की गड़गड़ाहट से गूंज उठा। चारों ओर से बधाई की आवाजें आने लगीं।

शेखर ने उस शोर-शराबे के बीच कृष्णा से कहा—

'शैतान कहीं की! मजा चखाऊंगा इस शरारत का।'

कृष्णा धीरे से हंस पड़ी। उसकी मोटी-मोटी आंखों में हर्ष का सागर लहरा रहा था।

शेखर ने सिगरेट का टुकड़ा ऐश-ट्रे में बुझाया और अपनी श्रवणशक्ति पर जोर देकर बाहर की आवाजें सुनने की कोशिश करने लगा। लेकिन अब बाहर किसी भी तरह की आवाज नहीं थी। शेखर ने लंबी सांस ली। वह पिछले कई घंटों से बेचैन था। सगाई की पार्टी रात को ग्यारह बजे समाप्त हुई थी। पार्टी के बाद मेहमानों को विदा करने में एक घंटा लगा था। फिर एक बजे तक शेखर को बाबूजी और मांजी के साथ गप्पें लड़ानी पड़ी थीं। विवश होकर उसने ऊंघने का नाटक किया और तब मांजी ने चौंककर कहा था—

'अब इसे सोने दो। हजारों मील का सफर करके आ रहा है। तुम्हारा क्या है, तुम तो बुड्ढे हो गए हो, रात-भर जाग सकते हो।'

और तब शेखर को छुटकारा मिला था। लेकिन अपने बेडरूम में पहुंचकर उसके जी में यह चाह जाग उठी थी कि किसी तरह वह कृष्णा तक पहुंच जाए। और अब जैसे-तैसे सन्नाटा छाया हुआ था।

सिगरेट ऐश-ट्रे में बुझाकर शेखर दरवाजे के पास आया। उसने दरवाजे से कान लगाकर पहले सुन-गुन ली। बाहर गहरा सन्नाटा छाया हुआ था। केवल हॉल में लगे क्लॉक की टिकटिक सुनाई दे रही थी।

शेखर ने बहुत ही धीरे से दरवाजा खोला और दबे पांव बाहर आया। जब वह दबे पांवों कृष्णा के कमरे की ओर बढ़ने लगा, तो उसकी टांगें लड़खड़ा रही थीं। दिल जोर-जोर से धड़क रहा था।

19

वह दरवाजे के पास पहुंचकर रुक गया। उसने दरवाजे पर हाथ रखा, लेकिन जोर लगाने पर भी दरवाजा नहीं खुला। शेखर ने धीरे से दरवाजे पर दस्तक दी, लेकिन अंदर से कोई आहट सुनाई न दी। शेख का गला सूख रहा था। उसने बड़ी कठिनाई से फुसफुसाकर कहा— 'कृष्णा!'

लेकिन उत्तर न मिला। काफी देर प्रयास करने के बाद निराश होकर जब वह लौटने लगा तो उसके कानों में सीटियां-सी बज रही थीं। अपने कमरे में पहुंचकर उसने निश्चय कर लिया कि वह कृष्णा के पास जाकर रहेगा। वह अपने कमरे की खिड़की से निकलकर कृष्णा के कमरे की खिड़की के पास पहुंचा। खिड़की अंदर से बंद थी। शेखर बहुत देर तक कोशिश करता रहा, लेकिन उसे निराशा ही हाथ लगी।

कुछ देर बाद वह कोठी की छत पर पहुंचा और धीरे से स्काई-लाइट का पट खोला। नीचे झांककर देखा। कृष्णा अपने बिस्तर पर बड़े आराम से गहरी नींद ले रही थी। उसने सिर तक रजाई ओढ़ रखी थी।

शेखर ने दांत पीसकर कहा— 'बहुत अच्छे। हमारा चैन लूटकर क्या आराम से सो रही हो। मैं तुम्हें चैन से नहीं सोने दूंगा।'

शेखर स्काई-लाइट में से निकलकर हॉल में लटक गया और फिर धीरे से फर्श पर कूद गया। उसकी टांगें बुरी तरह से कांप रही थीं। दिल बहुत जोर-जोर से धड़क रहा था। वह दबे पांव पलंग की ओर बढ़ा।

उसने रजाई उठाते हुए कहा— 'अब देखता हूं इसे।'

लेकिन दूसरे ही पल वह भौंचक्का रह गया। कृष्णा के बिस्तर पर कृष्णा के स्थान पर तकिया रखा था। शेखर आश्चर्य से बड़बड़ाया— 'ओ गॉड! कहां गई कृष्णा?'

उसने जल्दी से बिस्तर के नीचे झांका। पलंग के नीचे भी कृष्णा नहीं थी। उसने जल्दी से पर्दे के पीछे देखा। कृष्णा वहां भी नहीं थी। शेखर सन्नाटे में खड़ा रहा।

अचानक उसके कानों में धीमी-धीमी आवाजें टकराईं। वह बाथरूम के दरवाजे की ओर देखने लगा। फिर वह तेजी से बाथरूम के दरवाजे की ओर झपटा। उसने दरवाजे पर हाथ रखा। दरवाजा अंदर से बंद था। अंदर से कृष्णा के धीरे-धीरे हंसने की आवाज आ रही थी।

शेखर ने तेज-तेज सांसों के साथ कहा— 'कृष्णा...ओ कृष्णा!'

कृष्णा ने हंसी रोककर पूछा— 'क्या है?'

'दरवाजा खोलो तो बताऊं।'

'ऊं हूं–दरवाजा नहीं खुलेगा।'

'कृष्णा प्लीज!'

'बिलकुल नहीं। आज तुम बेईमान दिखाई दे रहे हो।'

'क्या तुम्हें मुझ पर विश्वास नहीं?'

'बिलकुल नहीं।'

'तुम चाहो जिसकी सौगंध ले लो।'

'अच्छा, खाओ मेरी सौगंध।'

'मैं तुम्हारी सौगंध खाता हूं। मैं कोई बेईमानी नहीं करूंगा।'

कृष्णा ने धीरे से दरवाजा खोल दिया और हंसती हुई सामने आ गई। शेखर सन्नाटे में खड़ा रह गया। कृष्णा नाइट-सूट पहने हुई थी। बाल कंधों को छू रहे थे। आंखों में शोख मुस्कराट थी। शेखर का जी चाहा कि कृष्णा को अपनी बांहों में भर ले और इसी अवस्था में सारी उम्र बिता दे। लेकिन सौगंध का ध्यान आते ही उसने अपने-आपको संभाल लिया। उसके होंठ कांपने लगे।

कृष्णा मुस्कराई और उसने अपनी बांहें फैला दीं। शेखर का पूरा बदन जैसे हवा में तैरने लगा। वह एक कदम आगे बढ़ा, लेकिन ठिठककर रह गया। उसके दिल की धड़कनें और भी बढ़ गई थीं।

कृष्णा ने मुस्कराकर धीरे से कहा—

'मैं आपकी सौगंध वापस लेती हूं।'

'कृष्णा!' शेखर की आवाज कांप रही थी।

कृष्णा लपककर शेखर के सीने से लग गई। शेखर की आंखें मुंद गईं।

उसका दिल जोर-जोर से धड़क रहा था। हर धड़कन यही पुकार रही थी कि समय यहीं रुक जाए। यह पल हमेशा के लिए रुक जाए। यह रात कभी न बीते और इस रात की कभी सुबह न हो।

न जाने कब तक दोनों आंखें मूंदे यों ही खड़े रहे।

तभी क्लॉक का घंटा बज उठा। दोनों ने चौंककर आंखें खोल दीं।

कृष्णा ने धीरे से कहा—

'शेखर!'

'हूं!'

'क्या इन तीन सालों की कसर आज ही निकाल लोगे?'

'जी चाहता है तीन सौ वर्ष इसी तरह बीत जाएं और हम दोनों इसी तरह लिपटे खड़े रहें।'

'सचमुच तुम्हें इतना प्यार है मुझसे?'

'क्या तुम्हें नहीं है?'

कृष्णा और भी जोर से उससे लिपट गई। वह भारी आवाज में बोली—

'अगर बस में होता तो दिल चीरकर दिखाती। तुम नहीं जानते शेखर कि मैंने ये तीन वर्ष किस तरह से बिताए हैं।'

'इसलिए तुमने पिछले कई महीने से चिट्ठियां लिखनी बंद कर दी थीं।'

'क्यों?'

'बड़े मजे की बात हुई शेखर! एक रात मैं तुम्हारी चिट्ठी पढ़ते-पढ़ते सो गई थी। मैंने अपने सपने में देखा कि तुम अपने कॉलेज की किसी अंग्रेज लड़की से हंस-हंसकर बातें कर रहे हो। उसका हाथ अपने हाथ में लिए घूम रहे हो। मैं हिचकियां लेकर रोने लगी। और जब मेरी आंखें खुलीं तो मेरा तकिया आंसुओं से भीगा हुआ था। मैं डर गई कि कहीं यह सपना सच न हो जाए। अगर ऐसा हुआ तो मेरा जीवन अधूरा रह जाएगा। दूसरे दिन में कॉलेज गई तो किरन ने इस उदासी को भांप लिया। मैंने उसे सपना सुनाया तो वह हंसकर बोली– 'भला कहीं सपने भी सच होते हैं।' मैंने उससे कहा– 'फिर मेरा दिल क्यों बैठा जा रहा है?' 'यह प्यार का असर है।' उसने कहा। तभी मुझे मालूम हुआ कि हमारी बातें कोई सुन रहा था।'

'कौन, जसपाल तो नहीं?' शेखर ने एकदम कहा।

'तुम ठीक समझे।' कृष्णा ने गहरी मुस्कराहट के साथ कहा। हम दोनों की बातें जसपाल सुन रहा था और इसके बाद ही जसपाल ने एक खेल शुरू कर दिया।

'कैसा खेल?'

'बस, उसने किरन पर डोरे डालकर उसे अपने झूठे प्यार के जाल में फंसा लिया और इंग्लैंड में रहने वाले अपने किसी मित्र से एक चिट्ठी मंगवाई, जिसमें लिखा था कि आजकल हमारे कॉलेज की एक स्टूडेंट साथी और भारत के एक मेडिकल स्टूडेंट लड़के का बहुत ही जोर-शोर से रोमांस चल रहा है। उसने यह चिट्ठी किरन के द्वारा मेरे पास भेज दी। उसे पढ़कर मेरे पैरों के नीचे की धरती खिसक गई।'

'हूं।' शेखर ने लंबी सांस ली और कहा– 'तो तुम्हें अपने शेखर के प्यार पर विश्वास न था?'

'शेखर! प्यार करने वालों का दिल हमेशा बेईमान होता है। क्या तुम्हारे दिल में मेरे बारे में बेईमानी नहीं आई?'

'तुम सच कहती हो कृष्णा।'

'फिर मेरा खाना-पीना छूट गया। कॉलेज जाना बंद हो गया। जब मम्मी-डैडी ने मेरी यह हालत देखी, तो उन्होंने कारण पूछा। मैं रो पड़ी। उस दिन मम्मी और डैडी को मेरे और तुम्हारे प्यार के बारे में पता चला। उन्होंने मुझे तसल्ली दी कि शेखर ऐसा नहीं कर सकता। लेकिन मेरा मन न माना। उन्होंने किसी मित्र द्वारा तुम्हारे संबंध में छानबीन कराई। फिर मुझे बताया कि तुम्हारा संबंध किसी से भी नहीं है। फिर भी मुझे विश्वास न हुआ। कुछ दिन बाद तुम्हारे

आने की खबर मिली। ठीक उसी दिन, जिस दिन मेरी सालगिरह थी। जब डैडी ने निर्णय किया कि अगर तुम अकेले ही आए, तो तुम्हारे साथ मेरी सगाई कर दी जाएगी। मैं इसलिए एयरपोर्ट नहीं गई कि अगर तुम अकेले न हुए, तो इतना बड़ा सदमा मैं कैसे बर्दाश्त कर सकूंगी।'

कहते-कहते कृष्णा की आवाज भारी हो गई। वह शेखर के सीने से लग गई। शेखर ने उसे जोर से भींचकर कहा—

'कृष्णा! मान लो कि मैं अकेला न होता तो?'

'तो मम्मी-डैडी तुम्हें सब कुछ बता देते और तुम्हें घर न लाते। तुम्हारे लिए उन्होंने एक फ्लैट का प्रबंध भी कर दिया था।'

'हूं!' शेखर ने लंबी सांस लेकर कृष्णा को भींच लिया और कहा—

'तो तुम्हें कैसे पता चला कि मैं अकेला ही हूं?'

'जैसे ही तुम एयरपोर्ट पर उतरे, ड्राइवर ने मुझे फोन कर दिया था। सच मानो शेखर! जब तक ड्राइवर का फोन नहीं आया, मुझे ऐसा लग रहा था कि मैं किसी जज के सामने जिंदगी और मौत का फैसला सुनने के लिए खड़ी हूं। जब ड्राइवर का फोन आ गया, तो मैं खुशी से पागल हो गई। मैं समझ नहीं पा रही थी कि मैंने इतनी बड़ी खुशी कैसे बर्दाश्त कर ली।'

'तो बात यहां तक पहुंच गई थी।' शेखर बोला— 'तो उस कमीने जसपाल को क्या मिला तुम्हारे मन में इतनी बड़ी गलतफहमी पैदा करके?'

'उसने मेरे करीब आने की कोशिश की थी। बड़ी हमदर्दी दिखाता था। पर मुझे उससे सख्त नफरत थी। एक दिन उसने मेरा रास्ता रोका, तो मैंने उसके मुंह पर चांटा मार दिया। प्रोफेसर किशन लाल यह सब देख रहे थे। उसी दिन जसपाल का रेस्टीकेशन हो गया। इसके बाद वह कभी कॉलेज में दिखाई नहीं दिया।'

'हूं! मेरे पीछे इतने बड़े-बड़े गुल खिल गए, लेकिन तुमने जसपाल के अपराध का दंड मुझे क्यों दिया। मेरा इतना बुरा हाल तुम्हारे पत्र न मिलने पर नहीं हुआ, जितना तुम्हारे एयरपोर्ट पर न पहुंचने से हुआ। और कोठी पर पहुंचकर तुम्हारे रवैये को देखकर तो मेरी जान ही निकल गई थी। मुझे रत्ती-भर भी आशा न थी कि तुम्हारी सगाई मेरे साथ होगी।'

'फिर किसके साथ समझ रहे थे?'

'जसपाल के साथ।'

'जसपाल!' कृष्णा ने घृणा से कहा— 'वह अगर देवता बनकर भी मेरे सामने आए, तो मैं उसे ठोकर मार दूं। तुम नहीं जानते शेखर, मुझे जसपाल से कितनी घृणा है।'

'और मुझसे?' शेखर ने शरारत से पूछा।

उत्तर देने की बजाय कृष्णा शेखर से लिपट गई। शेखर ने उसे बांहों में समेटते हुए कहा–

'इसका मतलब है तुम्हें मुझसे बहुत प्यार है।'

'क्या सबूत दूं तुम्हें?'

'इसलिए बिस्तर पर तकिया लिटाकर बाथरूम में छिप गई थीं।' शेखर ने कहा– 'तुम्हें मेरी आंखों में बेईमानी नजर आई थी?'

'शरारत करने को जी चाहा था तुमसे।'

'और अगर मेरे मन में सचमुच बेईमानी हो तो?' शेखर ने अर्थपूर्ण मुस्कराहट के साथ कहा।

कृष्णा ने आंखें मूंदकर चेहरा ऊपर उठा दिया और धीरे से बोली– 'जब मेरी आत्मा तक तुम्हारी है, तो तुम्हें रोकने का अधिकार ही कहां है।'

शेखर ने उसका चेहरा अपने हाथों में ले लिया। कृष्णा की आंखें मुंदी थीं, लेकिन होंठ कांप रहे थे। शेखर ने धीरे से अपने होंठ बढ़ाए, लेकिन उसके होंठों के बजाय उसका माथा चूम लिया।

'कृष्णा! अगर तुम्हारी आत्मा मुझे मिली है, तो तुम्हारा सब कुछ मेरा है और जब सब कुछ मेरा है, तो मुझे बेईमान बनने की जरूरत ही क्यों होगी; फिर भी हम दोनों के बीच एक गवाह की कमी है। वह गवाह है–विवाह की वेदी, जिसकी सात परिक्रमाएं हमें एक-दूसरे से बांध देंगी।'

'शेखर!' कृष्णा शेखर से लिपटकर बोली– 'मेरे प्यार को पूरा-पूरा विश्वास था तुम पर। सच मानो शेखर! अगर तुम अपनी नीयत खराब करने लगते, तो मैं तुममें और जसपाल में कोई अंतर नहीं समझती और यह समझती कि हमारा प्यार आत्मिक नहीं, वासनात्मक है।'

'कृष्णा!'

शेखर ने कृष्णा को अपनी बांहों में समेटकर जोर से भींच लिया।

शेखर और कृष्णा मम्मी-डैडी के साथ डाइनिंग टेबल पर नाश्ता कर रहे थे।

मम्मी ने शेखर से कहा–

'बेटे! अब तुम्हारी पढ़ाई भी पूरी हो चुकी है और कृष्णा की पढ़ाई भी समाप्त हो गई है। क्यों न अब तुम दोनों की भांवरें डाल दी जाएं।'

कृष्णा की नजरें झुक गईं। चेहरा शर्म से लाल हो गया।

शेखर ने मम्मी की ओर देखते हुए कहा–

'मांजी! पढ़ाई तो जरूर पूरी हो गई है, लेकिन मेरा काम तो अभी अधूरा

ही है।'

'क्या मतलब?'

'आप ही लोगों ने तो बताया था कि मेरे माता-पिता की गांव में केवल इसलिए मृत्यु हो गई थी कि उस गांव में कोई डॉक्टर न था और इसलिए समय पर और ठीक-ठीक डॉक्टरी सहायता उन्हें नहीं मिल सकी थी।'

'हां बेटे।'

'और आपने यह भी बताया था कि मेरे पिताजी की अंतिम इच्छा थी कि मैं बड़ा होकर डॉक्टर बनूं ताकि लोगों को इलाज के लिए असुविधा न हो।'

'हां बेटे।' डैडी ने कहा– 'तुम डॉक्टर बन गए हो। हम तुम्हें डिस्पेंसरी खुलवाए देते हैं। प्रैक्टिस शुरू कर दो और रोगियों की भरसक सेवा करो।'

'बाबूजी!' शेखर बोला– 'शहर में तो लाखों डॉक्टर हैं। अगर किसी की मौत भगवान की ओर से न आए तो यहां कोई मर नहीं सकता। डॉक्टरों की वास्तविक आवश्यकता तो गांवों में है।'

'क्या मतलब?'

'बाबूजी! मैं उसी गांव में डिस्पेंसरी खोलूंगा, जहां मेरे माता-पिता की मृत्यु बिना इलाज के हुई थी।'

डैडी-मम्मी ने एक-दूसरे को देखा और फिर कृष्णा की ओर देखने लगे।

कृष्णा ने शेखर की ओर देखकर कहा–

'लेकिन शेखर! गांव में डिस्पेंसरी खोलने का क्या फायदा होगा?'

'कृष्णा! डॉक्टरी की डिग्री लाभ के लिए नहीं ली जाती। डॉक्टर के जीवन का एक ही उद्देश्य होता है–रोगी की सेवा।'

डैडी ने ठंडी सांस लेकर कहा–

'बेटे! हमें तो कोई आपत्ति नहीं। तुम जो चाहो करो, जहां चाहो डिस्पेंसरी खोलो। हमारा उद्देश्य तो यह था कि रामस्वरूप को दिया वचन पूरा कर दें, जो हमने पूरा कर दिया। रही कृष्णा की बात, सो कृष्णा की और तुम्हारी सगाई हो गई। कृष्णा अब तुम्हारी है। जब चाहोगे, तुम्हारी भांवरें डाल दी जाएंगी।'

'डिस्पेंसरी खोलने के लिए मुझे आपकी मदद चाहिए बाबूजी।'

'यह घर तुम्हारा है बेटे। सब कुछ तुम्हारा है।'

'बाबूजी! मेरा मतलब रुपये-पैसे से नहीं है।'

'फिर?'

'मुझे एक ऐसा कंपाउंडर और एक ऐसी नर्स चाहिए, जो मेरे साथ गांव में रह सकें।'

'हां, इस समस्या पर तो विचार करना पड़ेगा, क्योंकि कोई नर्स और कंपाउंडर गांव में शायद ही जाना पसंद करे। शहर की चमक-दमक देखकर

लोग गांव से शहर की ओर दौड़ रहे हैं। भला शहर छोड़कर गांव में जाना कौन पसंद करेगा।'

'बस, आपको यही समस्या सुलझानी है।'

'कोशिश करूंगा। कोई-न-कोई प्रबंध तो करना ही पड़ेगा।'

कृष्णा ने शेखर से कहा— 'अगर तुमने पहले ही अपना यह विचार प्रगट कर दिया होता तो मैं नर्स की ट्रेनिंग ले लेती।'

शेखर ने कोई उत्तर न दिया।

❏❏
❏❏

भास्कर की डिस्पेंसरी में काफी भीड़ थी। कंपाउंडर ढोंगीलाल काउंटर के पीछे बड़े आराम से बैठा बीड़ी पी रहा था। डॉ. भास्कर अभी तक नहीं आए थे। मरीजों की बेचैनी बढ़ती जा रही थी।

अचानक एक मरीज जोर-जोर से कराहने लगा। उसकी पत्नी खिड़की के पास आकर खुशामद भरे स्वर में ढोंगीलाल से बोली—

'कंपाउंडर जी! डॉक्टर साहब कितनी देर में आएंगे?'

ढोंगीलाल टाइम न बताते हुए लाल-पीली आंखें करके उसे घूरते हुए कहने लगा— 'क्या डॉक्टर का टाइम-टेबल मेरी जेब में रहता है?'

'कंपाउंडर जी! मुन्नी के अब्बा की हालत बहुत खराब है।'

'जहन्नुम में जाएं मुन्नी के अब्बा, मुझसे क्या मतलब?'

औरत और अधिक बेचैन हो उठी। वह खिड़की पर से हट गई।

तभी एक नया मरीज खांसता हुआ अंदर आया। उसके बदन पर शानदार सूट था। उसने मरीजों पर एक नजर डाली और खिड़की के पास आकर बोला—

'कंपाउंडर साहब! नंबर दीजिए।'

ढोंगीलाल ने नाक-भौं सिकोड़कर एक नंबर निकालकर उसे दे दिया।

उस आदमी ने नंबर देखकर आश्चर्य से कहा— '40वां नंबर।'

'देख नहीं रहे, 39 मरीज पहले से ही मौजूद हैं।'

'कंपाउंडर साहब! मुझे तो ठीक दस बजे चर्च गेट पर पहुंचना है।'

'चर्च गेट जाना हो या इंडिया गेट। यहां तो नंबर चलता है।'

दस रुपये का नोट निकालकर उस आदमी ने नंबर के नीचे लगाया और हाथ खिड़की में बढ़ाकर बोला—

'प्लीज, कंपाउंडर साहब!'

ढोंगीलाल ने नंबर लेकर रुपये जेब में रखकर दूसरा नंबर दे दिया।

'नंबर दस—आराम से बैठ जाओ।'

'कंपाउंडर साहब! दस नंबर भी बहुत देर से आएगा।'

'अब तो बस दो नंबर बाकी हैं, उसके पांच रुपये देने होंगे।'

उस आदमी ने बीस रुपये का नोट निकालकर दे दिया।

ढोंगीलाल ने नंबर बदलकर दे दिया और नोट जेब में रख लिया।

उस आदमी ने धीरे से कहा– 'मेरा दस का नोट...?'

'दवा में लग जाएगा।'

वह आदमी खिड़की से हट गया।

ढोंगीलाल बुझी हुई बीड़ी सुलगाने लगा।

तभी डॉ. भास्कर आ गए। ढोंगीलाल ने जल्दी से बीड़ी फेंकी और अटेंशन खड़ा हो गया। डॉ. भास्कर अंदर चले गए। पहले नंबर का मरीज डॉक्टर के केबिन में गया और थोड़ी देर बाद केबिन से निकलकर खिड़की पर जा खड़ा हुआ।

ढोंगीलाल ने उसका पर्चा देखकर कहा–

'इंजेक्शन लगेगा।'

ढोंगीलाल ने इंजेक्शन सिरिंज निकाली।

मरीज ने इंजेक्शन की शीशी निकालकर ढोंगीलाल को देते हुए कहा–

'डॉक्टर साहब ने दवा कल बताई थी। मैं ले आया हूं।'

ढोंगीलाल ने शीशी ली और पर्दे के पीछे चला गया। उसने सिरिंज गर्म पानी से धोई और इंजेक्शन की शीशी जेब में रख ली। सिरिंज में डिस्टिल वाटर भरा और बाहर आकर इंजेक्शन मरीज की बांह में लगा दिया।

तभी नर्स ने आकर कहा– 'कंपाउंडर! डॉक्टर तुमको सलाम बोला।'

'वालुकुम अस्लाम।'

'ओह! वह तुमको बुलाता है।'

ढोंगीलाल बुरा-सा मुंह बनाकर डॉक्टर के केबिन में चला गया। डॉ. भास्कर के पास मरीज नंबर दो और कृष्णा के पिता श्रीकांत बैठे थे।

डॉ. भास्कर ने ढोंगीलाल से कहा–

'मि. ढोंगी! तुम्हारी जेब में पांच का नोट है, निकालो।'

'क्यों...क...क...कौन-सा?' ढोंगीलाल ने हड़बड़ाकर पूछा।

'इसलिए कि उस नोट पर मेरे दस्तखत हैं।' डॉ. भास्कर ने गुस्से में कहा।

'ज...ज...जी।'

'और तुम जो मरीज नंबर दो को देख रहे हो, यह मरीज नहीं, हमारे मित्र हैं। मुझे बहुत दिनों से शिकायतें मिल रही थीं कि तुम मरीजों से रिश्वत लेकर पहले के नंबर दे देते हो।'

'यह झूठ है।'

'नर्स!' डॉ. भास्कर ने कहा– 'इसकी तलाशी लो।'

नर्स ने तलाशी ली तो ढोंगी की जेब से पांच रुपये का एक नोट और इंजेक्शन की एक शीशी निकली।

डॉ. भास्कर ने उस शीशी को लेकर ठंडी आह भरते हुए कहा— 'इसका मतलब है कि यह शिकायत भी सही है कि तुम मरीजों के इंजेक्शन भी मार देते हो और उन्हें डिस्टिल वाटर का इंजेक्शन लगा देते हो।'

ढोंगीलाल का चेहरा सपेुद हो गया।

डॉ. भास्कर ने गुस्से से कहा—

'हम चाहें तो तुम्हें इसी समय गिरफ्तार करा सकते हैं।'

'नहीं-नहीं सर।' ढोंगीलाल ने हाथ जोड़कर गिड़गिड़ाकर कहा— 'माफी चाहता हूं सर! अब कभी ऐसी हरकत नहीं करूंगा।'

'बको मत। तुम मरीजों की जिंदगी से खेलते हो। अगर कोई मरीज मर जाता, तो उसका आरोप हमारे सिर आता।'

'मैं माफी चाहता हूं, डॉक्टर साहब।'

'नर्स! पुलिस को फोन कर दो।'

'प्लीज डॉक्टर साहब...!' ढोंगीलाल ने जल्दी से जमीन पर बैठकर डॉ. भास्कर के पैर पकड़ लिए— 'मैं सौगंध खाता हूं, अब कभी बेईमानी नहीं करूंगा। मेरे छह बच्चे हैं डॉक्टर साहब। अगर आपने मुझे गिरफ्तार करा दिया तो वे भूखे मर जाएंगे।'

'छह बच्चे!' डॉ. भास्कर ने आश्चर्य से कहा— 'तुम कहते थे कि अभी तक तुम्हारी शादी ही नहीं हुई।'

'वह...वह...सर!' ढोंगीलाल हकलाया— 'मैं...मैं...मैंने झूठ बोल दिया था, क्योंकि छह बच्चों का नाम सुनकर मुझे कोई नौकरी पर रखने को तैयार ही नहीं होता था। सब यही सोचते कि इतनी महंगाई के समय में इतने बच्चों के कारण कहीं मैं बेईमानी न करने लगूं।'

'हूं! तो एक चार-सौ-बीसी और भी की थी तुमने।'

'मेरे बच्चों पर रहम कीजिए डॉक्टर साहब।' ढोंगीलाल गिड़गिड़ाया।

अचानक श्रीकांत ने कहा—

'छोड़ दो भास्कर। इस पर नहीं तो इसके बच्चों पर रहम करो। यह अब कोई बेईमानी नहीं करेगा।'

'लेकिन।' डॉक्टर ने कहा— 'मैं अब किसी तरह का खतरा लेने के लिए तैयार नहीं हूं। मैं इसे पुलिस में नहीं दूंगा, लेकिन इसे नौकर नहीं रखूंगा।'

'कोई बात नहीं, इसे नौकरी हम दे देंगे।' श्रीकांत बोले।

'क्या मतलब?' डॉ. भास्कर ने चौंककर पूछा।

'भई, मैं तुम्हारे पास इसलिए आया था कि शेखर लंदन से एम.बी.बी.एस.

करके लौट आया है और वह गांव में डिस्पेंसरी खोलना चाहता है।'

'गांव में डिस्पेंसरी!' डॉ. भास्कर ने हंसकर कहा– 'पागल तो नहीं हो गया शेखर। मैंने यह डिस्पेंसरी आज से पांच साल पहले खोली थी। इन पांच सालों में ही मैंने कोठी बनवा ली है और कार भी खरीद ली है।'

श्रीकांत मुस्कराकर बोले–

'तुम उसकी भावनाओं को समझ नहीं पाओगे।'

फिर उन्होंने ढोंगीलाल से पूछा–

'क्यों भई! तुम गांव की डिस्पेंसरी में काम करना पसंद करोगे?'

'अरे साहब! मैं तो जहन्नुम में भी नौकरी करने को तैयार हूं। मुझे अपने छह बच्चों का पेट पालना है।'

'बेईमानी तो नहीं करोगे?'

'सौगंध खाता हूं, अब कभी बेईमानी नहीं करूंगा।'

श्रीकांत ने डॉ. भास्कर से कहा–

'मैं इसे अपने साथ ले जा रहा हूं भास्कर। आप अब मुझे एक नर्स और दिला दीजिए।'

'भला गांव में जाकर रहने को कौन नर्स तैयार होगी?'

अचानक नर्स बोल उठी–

'सर! गुस्ताखी माफ हो तो एक बात कहूं।'

'हां-हां, कहो।' डॉ. भास्कर ने कहा।

'मैं एक ऐसी नर्स को जानती हूं, जो हर जगह जाने को तैयार है, लेकिन उसके साथ एक ट्रेजेडी है।'

'ट्रेजेडी?'

'वह गूंगी और बहरी है।'

'गूंगी और बहरी है!' आश्चर्य से डॉ. भास्कर ने कहा– 'फिर उसने नर्स की ट्रेनिंग कैसे कर ली?'

'जिस समय उसने ट्रेनिंग की थी, वह गूंगी-बहरी नहीं थी।'

'क्या मतलब?'

'सर!' नर्स दुःख भरे स्वर में बोली– 'मंजू मेरी बचपन की सहेली है। पहले वह गूंगी और बहरी नहीं थी। बचपन से ही उसमें सेवा की भावना थी। उसने यह सोचकर ही नर्सिंग की ट्रेनिंग की थी। उसने एक सरकारी अस्पताल में अपनी ट्रेनिंग के बाद नौकरी कर ली। वहां उसके साथ बड़ी ज्यादती हुई।'

'हूं...! वह क्या?'

'माफ कीजिए; मुझे शर्म आती है, लेकिन बताना भी जरूरी है। मंजू को जिस अस्पताल में नौकरी मिली; वहां के डॉक्टरों की नीयत उसे देखकर खराब

हो गई, क्योंकि मंजू बहुत ही सुंदर है। मंजू नाइट ड्यूटी में थी। सिविल सर्जन एक मरीज को देखने का बहाना करके उसे अपनी कार में बैठाकर एक कोठी में ले गया। जहां कई डॉक्टर और भी थे। उन सबने मिलकर मंजू के साथ बलात्कार करने की कोशिश की, लेकिन मंजू के साथ इस घृणित कार्य में वे सफल नहीं हो सके, क्योंकि मंजू किसी तरह उनके चंगुल से निकल भागी और सड़क पर आते ही एक ट्रक से टकरा गई। इसी एक्सीडेंट में वह सुनने और बोलने की शक्ति खो बैठी।'

'ओह!' श्रीकांत ने सहानुभूति भरे स्वर में कहा।

'यह कब की बात है?' डॉ. भास्कर ने पूछा।

'लगभग एक साल हो गए।'

'तब से उसने कोई नौकरी नहीं की?'

'जी नहीं, उसे नौकरी चाहिए। वह अपनी बूढ़ी, अपाहिज और विधवा मां की एकमात्र सहारा है।'

'लेकिन क्या वह एक पुरुष डॉक्टर के साथ गांव में जाकर रह सकेगी?'

'जब उसे यह पता चलेगा कि उसे डॉ. शेखर की डिस्पेंसरी में नौकरी मिल रही है, तो वह फौरन तैयार हो जाएगी।'

'क्यों? क्या वह शेखर को जानती है?' श्रीकांत ने चौंककर पूछा।

'वह नहीं जानती, लेकिन मैं डॉ. शेखर को अच्छी तरह से जानती हूं।'

'वह कैसे?'

'जब शेखर बाबू एम.एससी. में थे, तो मैं बी.एससी. में थी। मैं उनकी मंगेतर कृष्णा को भी जानती हूं, वह मेरी सहेली है।'

'ओह, वैरी गुड!'

'मैं डॉ. शेखर के चरित्र से भली-भांति परिचित हूं। मंजू को मुझ पर विश्वास है।'

'ठीक है।' डॉ. भास्कर ने कहा– 'लो भई श्रीकांत! तुम्हारी दोनों समस्याएं हल हो गईं।'

श्रीकांत ने अपने पते का एक कार्ड ढोंगीलाल को और दूसरा नर्स को दे दिया। और फिर नर्स से बोला–

'कल सुबह दस बजे तक मंजू को इस पते पर भेज देना। ढोंगीलाल! तुम भी कम सुबह दस बजे तक पहुंच जाना।'

'बहुत अच्छा!'

श्रीकांत, डॉ. भास्कर से विदा होकर चले गए।

❑❑
❑❑

शेखर कपड़े पहन रहा था कि आईने में उसे कृष्णा आती दिखाई दी। शेखर कृष्णा की ओर मुड़ा, तो उसे कृष्णा की आंखों में आंसू दिखाई दिए।

उसने आश्चर्य से पूछा–

'क्या बात है कृष्णा! तुम्हारी आंखों में आंसू?'

'शेखर!' कृष्णा शेखर के सीने से लग गई। उसने भर्राए स्वर में कहा– 'क्या तुम अपना निर्णय बदल नहीं सकते?'

'यह तुम कैसी बातें कर रही हो कृष्णा? सफर पर जाने वाले को आंसुओं से नहीं मुस्कराहट से विदा देते हैं और तुम तो मेरी जीवन संगिनी हो। मैं एक कठिन रास्ते पर कदम उठा रहा हूं। तुम्हें तो मेरा साहस बढ़ाना चाहिए।'

'शेखर पता नहीं मेरा दिल क्यों धड़क रहा है। मन में बुरे-बुरे विचार उठ रहे हैं।'

'वह क्यों?'

'पता नहीं क्यों मन में एक आशंका रह-रहकर जाग उठी है कि तुम्हें कोई मुझसे छीन न ले।'

'पगली!' शेखर ने आंसू पोंछकर कहा– 'जिस दिल में प्यार हो, वह ऐसा ही बेईमान होता है। जब मैं तीन वर्ष इंग्लैंड में रहा, तब मुझे तुमसे कोई न छीन सका, तो अब भला कौन छीन सकता है। और फिर हीरापुर कितनी दूर है। जब जी चाहे, चली आया करना।'

'लेकिन ऐसा कब तक चलेगा?'

'मैं वहां अपना काम जमा लूं, फिर तुम्हें शादी करने के बाद ले जाऊंगा।'

कृष्णा शेखर के सीने से लगी सिसकती रही।

'एक वचन दो कृष्णा।'

'क्या?'

'तुम महीने में एक बार जरूर मुझसे मिलने के लिए आया करोगी।'

'जरूर आया करूंगी।'

'अच्छा अब मुस्कराने की कोशिश करो।' परंतु फिर भी कृष्णा सिसकी भरकर शेखर के सीने से लग गई।

तभी बाहर से कार का हॉर्न सुनाई दिया।

शेखर चौंककर बोला– 'मैं चलता हूं कृष्णा।'

शेखर ने कृष्णा के आंसू पोंछे और अपने आंसुओं को रोकने की कोशिश करता हुआ बाहर आ गया। हॉल में मम्मी और बाबूजी खड़े थे। शेखर ने जल्दी से अपने आपको संभाला। बाबूजी ने शेखर को एक लिफाफा देते हुए कहा–

'यह लो बेटे।'

'यह क्या है बाबूजी?'

'इसमें हीरापुर के मुखिया के नाम एक पत्र है। सुखीराम हीरापुर के मुखिया हैं। गांव वाले उन्हें देवता समझते हैं। मेरे पुराने मित्र हैं। मैंने उन्हें एक पत्र डाक से भी भेज दिया है। आशा है उन्होंने तुम्हारे लिए उपयुक्त स्थान की व्यवस्था कर ली होगी। हम लोग उन्हीं के पते पर तुम्हें पत्र लिखा करेंगे। वहां पहुंचकर मुझे लिख देना कि तुम्हें किस चीज की या जितने रुपयों की जरूरत हो, तो मैं भेज दूंगा।'

'अच्छी बात है बाबूजी।'

शेखर ने बाबूजी और मांजी के पांव छुए। दोनों ने उसे आशीर्वाद दिया।

मांजी ने अपने आंसुओं को पोंछते हुए कहा—

'बेटे! चिट्ठी बराबर लिखते रहना।'

'आप चिंता न करें मांजी।'

'किसी बात का दु:ख न उठाना बेटा।'

'आप लोगों के होते हुए मुझे क्या दु:ख होगा मांजी?'

शेखर, मांजी और बाबूजी के साथ बाहर आ गया।

बरामदे में जीप खड़ी थी, जिसमें शेखर का सामान रखा हुआ था। नर्स मंजू और कंपाउंडर ढोंगीलाल जीप के साथ खड़े थे। मौसम सुहावना था। मंजू जीप के दाईं ओर थी और ढोंगीलाल बाईं ओर। मंजू रह-रहकर ढोंगीलाल को संदेह की नजरों से देखने लगती थी।

श्रीकांत ने ढोंगीलाल से कहा—

'ढोंगीलाल! ईमानदारी से काम करना।'

'आप चिंता न कीजिए। अब मैं जीवन-भर कोई बेईमानी न करूंगा। आप सचमुच देवता हैं। आपने मेरे छह बच्चों को भूखों मरने से बचा लिया।'

'छह बच्चे?' शेखर ने चौंककर ढोंगीलाल की ओर देखा।

'जी हां, ये सब बच्चे फैमिली प्लानिंग से पहले की पैदावार हैं।' ढोंगीलाल ने घबराकर कहा।

'हां बेटे! ढोंगीलाल के छह बच्चे हैं।' श्रीकांत बोले।

शेखर का जीप में बैठना था कि ढोंगीलाल बोला—

'सर-सर! आपको आपत्ति न हो तो नर्स को आगे बैठा लीजिए।'

'क्यों?'

'मुझे इसकी आंखों से डर लगता है। ऐसे देखती हैं, जैसे बिल्ली चूहे को देखती है। फिर बहरी-गूंगी औरतें वैसे भी खतरनाक होती हैं। पता नहीं कब झगड़ा शुरू कर दे।'

श्रीकांत के इशारे पर नर्स अगली सीट पर बैठ गई। ढोंगीलाल पीछे जा बैठा। मंजू किनारे पर सिमटी-सिकुड़ी बैठी थी।

शेखर ने जीप स्टार्ट की। जब जीप गेट पर मुड़ी तो शेखर ने बॉलकोनी में कृष्णा को खड़े देखा। उसने भी हाथ हिलाकर उसके हिलते हाथ का जवाब दिया। शेखर अपने होंठ भींचकर आंसुओं को रोकने की कोशिश करने लगा।

□□
□□

शेखर की जीप ऊंचे-ऊंचे, ऊबड़-खाबड़ रास्ते पर उछलती-कूदती हीरापुर गांव की ओर बढ़ रही थी। रास्ते को देखकर शेखर सोच रहा था कि जब रास्ते की यह अवस्था है, तो गांव की हालत क्या होगी। पूरे बदन की चूलें हिल गई थीं। अगली सीट पर बैठी मंजू ने पिछली सीट मजबूती से पकड़ रखी थी। अगर वह अपनी कसावट जरा भी ढीली कर देती, तो जीप से उछलकर नीचे गिर पड़ती। यही हाल पिछली सीट पर बैठे ढोंगीलाल का था। उसने एक हाथ से सीट पकड़ रखी थी और दूसरे हाथ से सामान को संभाल रखा था। धूल से तीनों के कपड़े और बदन अट गए थे। ढोंगीलाल बार-बार बुरा-सा मुंह बना लेता था।

फिर जब उससे बर्दाश्त न हुआ तो वह शेखर से बोला—

'डॉक्टर साहब! एक बात बताएंगे?'

'पूछो!'

'क्या आपने सचमुच इंग्लैंड में डॉक्टरी की शिक्षा ली है?'

'क्यों? तुम्हें संदेह क्यों हो रहा है?'

'इसलिए कि इंग्लैंड जैसे साफ-सुथरे देश में तीन वर्ष बिताने वाला ऐसे गांव में किसी भी हालत में जाना पसंद नहीं करेगा।'

शेखर धीमे से हंस पड़ा।

ढोंगीलाल ने फिर पूछा—

'सच बताइए डॉक्टर साहब! आपको किसने सलाह दी गांव में प्रैक्टिस करने की?'

'क्या तुम घबरा रहे हो गांव जाते हुए?'

'अरे साहब! मेरे बदन की तो चूल-चूल हिल गई है।'

'गांव में पहुंचकर तुम्हें हर घड़ी जीप में ही थोड़े बैठे रहना पड़ेगा।'

अचानक जीप के पिछले दोनों पहिए एक गड्ढे में जा गिरे। वे तीनों जीप से गिरते-गिरते बचे। शेखर ने उतरकर देखा गड्ढा काफी गहरा था। मंजू और ढोंगीलाल भी उतर आए। ढोंगीलाल ने पिछले पहियों को देखकर निराशा से सिर हिलाकर कहा—

'असंभव—साहब! इस गड्ढे में से पहिए निकालना असंभव है।'

'देखो, कोशिश करते हैं।'

शेखर और ढोंगीलाल ने पीछे से जोर लगाया, लेकिन फिर भी पहिए गड्ढे से ऊपर न चढ़ सके। दोनों पसीने से नहा गए।

ढोंगीलाल ने हांफते हुए कहा—

'बेकार है डॉक्टर साहब। हम लोग दस दिन तक जोर लगाएं, फिर भी पहियों को नहीं निकाल पाएंगे।'

शेखर ने माथे का पसीना पोंछा और जीप से पीठ टिकाकर खड़ा हो गया।

शेखर की ओर देखकर ढोंगीलाल इधर-उधर देखता हुआ बोला—

'अब क्या होगा साहब?'

'किसी की मदद लेनी पड़ेगी।'

'और अगर कोई इधर से न गुजरा तो?'

'चिंता क्यों करते हो?'

'अरे साहब! दिन ढलने वाला है। सुना है गांव-देहातों में जंगली जानवर भी रहते हैं।' ढोंगीलाल ने रुआंसी आवाज में कहा।

'घबराओ मत, मेरे पास बंदूक है।'

'अरे साहब! जब तक आप बंदूक निकालेंगे, मेरे छह बच्चे अनाथ हो जाएंगे।'

शेखर ने ढोंगीलाल को कोई उत्तर न देकर सिगरेट सुलगाई। कुछ देर सोचता रहा, फिर घड़ी देखकर बोला—

'ठीक ही कहते हो। यहां रात बिताना ठीक नहीं है। तुम यहीं ठहरो, मैं अभी आता हूं।'

'आप कहां जा रहे हैं?'

'हीरापुर।'

'हीरापुर? कितनी दूर होगा यहां से?'

'होगा यहां से लगभग एक मील। वह जो पीपल का पेड़ और मंदिर दिखाई दे रहा है, वहां से ठीक एक मील है।'

'अरे बाप रे! एक मील जाने और लौटकर आने में तो बहुत देर लग जाएगी।'

शेखर ने मुस्कराकर कहा—

'ढोंगीलाल! क्या तुम पहली बार गांव में आए हो?'

'भगवान की सौगंध डॉक्टर साहब! मैं आज से पहले कभी किसी गांव में नहीं गया।'

'तुम्हें बंदूक चलानी आती है?'

'मुझे तो बंदूक की आवाज से भी डर लगता है।'

'पकड़कर तो खड़े हो सकते हो?' शेखर ने झुंझलाकर कहा।

ढोंगीलाल होंठों पर जीभ फेरकर रह गया। शेखर ने जीप में से बंदूक

निकालकर लोड की और फिर ढोंगीलाल की ओर बढ़ा दी। ढोंगीलाल कांप उठा।

शेखर ने उसे घूरकर गुस्से से कहा– 'लो पकड़ो!'

ढोंगीलाल ने कांपते हुए हाथों से बंदूक थाम ली और रुआंसी आवाज में बोला– 'चल गई तो...?'

'नाल अपनी ओर मत करना और ट्रिगर को मत छूना।'

मंजू चुपचाप खड़ी देख रही थी। जब शेखर गांव की ओर जाने लगा, तो मंजू के मुंह से अजीब प्रकार की आवाज निकली और वह झपटकर शेखर के सामने आ गई।

शेखर ने पूछा– 'क्या बात है?'

मंजू इशारे से पूछने लगी कि वह कहां जा रहा है। शेखर ने इशारे से उसे समझाने की कोशिश की कि वह गांव जा रहा है। मंजू के चेहरे पर हवाइयां उड़ने लगीं। उसने भयभीत नजरों से ढोंगीलाल की ओर देखा और फिर सीने पर हाथ रखकर शेखर के साथ चलने का इशारा करने लगी। शेखर ने इशारे से मना किया और गांव की ओर चलने लगा।

मंजू भी तेजी से उसके पीछे-पीछे चल पड़ी।

ढोंगीलाल ने उन दोनों को जाते देखा तो इस तरह मुंह बनाया, जैसे वे दोनों उसे मौत के मुंह में छोड़कर जा रहे हों। लेकिन फिर जीप से पीठ टिकाकर खड़ा हो गया।

कुछ देर बाद मंजू और शेखर उसकी नजरों से ओझल हो गए।

रात का अंधेरा बढ़ता जा रहा था। ढोंगीलाल के चेहरे का रंग उड़ता जा रहा था। बदन की कंपकंपी भी बढ़ती जा रही थी।

सांझ की लालिमा सुनहरे रंग में ढलती जा रही थी। अपने-अपने बसेरों की ओर लौटते परिंदों की चहचहाहट से कान में पड़ी आवाजें सुनाई नहीं दे रही थीं। ढोंगीलाल जीप के बोनट से पीठ लगाए खड़ा था। उसने बंदूक इतनी मजबूती से पकड़ रखी थी, जैसे अगर ढीली हो गई तो बंदूक उसके हाथों से निकल जाएगी।

इसके साथ उसकी गर्दन बड़ी तेजी से इधर-उधर घूम रही थी।

अचानक उसके कानों में एक विचित्र-सी आवाज की घरघराहट टकराई। उसके कान खड़े हो गए। उसने इधर-उधर देखा, लेकिन वह यह अनुमान न लगा सका कि वह आवाज किधर से आ रही थी। धीरे-धीरे आवाज तेज होती जा रही थी। उसके साथ ही ढोंगीलाल का रंग सफेद होता जा रहा था। बदन के रोंगटे खड़े होते जा रहे थे।

अचानक जीप के पास एक जोरदार हिनहिनाहट की आवाज गूंज उठी।

उसके साथ ही ढोंगीलाल की जोरदार चीख भी गूंज उठी और वह मुंह के बल धरती पर जा गिरा। न जाने कैसे बंदूक की लिबलिबी दब गई और फायर की आवाज से जंगल का सन्नाटा गूंज उठा। ढोंगीलाल आंखें मूंदे इस तरह पड़ा रहा, जैसे गोली उसी को आ लगी हो।

किसी ने ढोंगीलाल की कमीज का कॉलर पकड़कर पीछे से उठाया। ढोंगीलाल की हल्की-सी चीख निकली। उसका बदन थर-थर कांप रहा था।

फिर एक अपरिचित स्वर सुनाई दिया। 'अबे! कौन हो तुम?'

ढोंगीलाल ने चौंककर आंखें खोल दीं। उसके सामने एक हट्टा-कट्टा नौजवान खड़ा था, जिसके बदन पर किरजिस और चमड़े की जैकेट थी।

ढोंगीलाल ने कांपती आवाज में पूछा—

'म...म...मैं जिंदा हूं?'

'जिंदा न होते तो बात कैसे करते?'

'फ...फ...फिर वह गोली?'

'किसी को नहीं लगी।'

'वह आपने चलाई थी।'

'नहीं, तुम्हारी बंदूक से चली थी।'

'अरे बाप रे!'

ढोंगीलाल कांपकर बंदूक की ओर देखने लगा।

तभी पास खड़ा घोड़ा हिनहिनाने लगा। ढोंगीलाल बिदककर पीछे हट गया और भय से कांपते हुए घोड़े की ओर देखने लगा। फिर उसने नौजवान की ओर देखते हुए कांपती आवाज में कहा— 'आप...आ...आप...ड...ड...डाकू हैं?'

'क्या बकते हो?' नौजवान ने कहा।

'यह-यह घोड़ा?'

'घोड़े क्या सिर्फ डाकुओं के पास होते हैं?'

'फिर—फिर आप कौन हैं?'

'पहले तुम बताओ कि तुम कौन हो? यह जीप किसकी है और तुम यहां क्या कर रहे हो?'

'मेरा नाम ढोंगीलाल है। मैं डॉक्टर साहब का कंपाउंडर हूं। उन्हीं की है यह जीप।'

'तुम बंबई से आए हो?'

'जी हां!'

'हीरापुर जा रहे थे?'

'जी हां!'

'लेकिन तुम अकेले क्यों हो?'

'डॉक्टर साहब भी थे—नर्स भी थी। जीप गड्ढे में फंस गई है, इसलिए डॉक्टर साहब हीरापुर गए हैं, मदद लेने। नर्स भी उनके साथ गई है।'

'जीप तो अभी निकल जाएगी।'

'सच?'

'हीरापुर से तो मदद आने में काफी देर हो जाएगी।'

'मगर आप—आप कौन हैं?'

'मैं हीरापुर के मुखिया का बेटा हूं।'

'शुक्र है भगवान का।'

'तुम यहीं ठहरो। मैं ट्रैक्टर मंगाता हूं।'

'ट्रैक्टर?'

'हां! उस पीपल के पीछे हमारे खेत में ट्रैक्टर चल रहा है।' नौजवान घोड़े पर सवार होकर चला गया।

□□
□□

शेखर और मंजू हीरापुर पहुंचे, तो अंधेरा और भी गहरा हो चुका था। हल्का-हल्का कोहरा छाया हुआ था। किसान कंधों पर हल रखे, बैलों को हांकते हुए खेतों से लौट रहे थे। बैलों की घंटियों के गूंजते हुए स्वर बहुत ही भले लग रहे थे। कभी किसी दूध पीते बछड़े के डकारने की आवाज भी सुनाई दे जाती थी।

गांव के छोर पर कुआं था, जिस पर कुछ लड़कियां पानी भर रही थीं। शेखर और मंजू को देखकर वे रुक गईं। मंजू का डर के मारे बुरा हाल था। चेहरा सफेद पड़ा हुआ था। उसकी सांस फूली हुई थी।

कुएं के पास पहुंचकर शेखर ने एक लड़की से पूछा—

'मुखिया जी का घर किधर है?'

लड़कियों ने एक-दूसरे की ओर देखा और हंसने लगीं।

एक लड़की ने पूछा— 'शहर से आए हो?'

'हां।'

'क्या काम है मुखिया जी से?'

'हम लोग यहां पर डिस्पेंसरी खोलेंगे।'

'डिस पिन सेरी?' लड़की ने आश्चर्य से कहा।

'नहीं, शफाखाना—यानी अस्पताल।'

'अस्पताल, गांव में?' लड़की ने आश्चर्य से कहा।

'जी हां! मुखिया जी के घर का रास्ता बता दो।'

उस लड़की ने अर्थपूर्ण नजरों से दूसरी लड़कियों की ओर देखा और फिर

एक ओर इशारा करके बोली—

'उधर गली में, बिलकुल आखिरी घर है। काला पर्दा पड़ा होगा दरवाजे पर।'

शेखर उस ओर चल दिया। मंजू भी उसके पीछे चल दी। वह बार-बार पलटकर भयभीत नजरों से उन लड़कियों की ओर भी कभी-कभी देख लेती थी। लड़कियों ने अपने मुंह में संकोच से दुपट्टों को दबा रखा था और वे हंस रही थीं।

कुछ देर बाद शेखर और मंजू उस मकान के सामने पहुंच गए, जिसके दरवाजे पर काला पर्दा लटका हुआ था। शेखर हैरान हुआ कि गांव के मुखिया का घर इतना साधारण और इतना गंदा था। उसने बढ़कर दरवाजे में लगी कुंडी जोर से खटखटाई। अंदर किसी ने जोर से खांसकर बलगम का पटाखा मारा और फिर भर्राई आवाज में जोर से बोला—

'कौन है?'

'जरा बाहर आइए।' शेखर ने ऊंची आवाज में कहा।

'आता हूं।'

थोड़ी देर बाद एक दुबला-पतला, लंबा बूढ़ा आदमी बाहर आया। उसका रंग काला था। सिर पर पगड़ी थी। काले रंग का तंग मोहरी का पायजामा, काले रंग का कुर्ता और बंडी पहने हुए था। उसके हाथों में हुक्का था। ठोड़ी और गालों के सफेद बाल अजीब से लग रहे थे।

उसने शेखर और मंजू को बारी-बारी से घूरा और फिर शेखर से बोला— 'हां बोलो, क्या तकलीफ है तुम्हें?'

'क्या आप ही इस गांव के मुखिया हैं?'

'मुखिया?' बूढ़े ने आश्चर्य से कहा।

'जी हां! मैं मुखिया जी से मिलना चाहता हूं।'

तभी किसी बच्चे के रोने की आवाज सुनाई दी। वे तीनों चौंककर उस ओर देखने लगे। एक औरत पांच-छह साल के बच्चे को गोद में लिए रोती हुई, उसी ओर आ रही थी। उसके पीछे-पीछे एक आदमी था, जो उस बच्चे और उस औरत को गालियां बकता आ रहा था।

जब वे लोग पास आ गए तो हुक्के वाले बूढ़े ने हुक्का गुड़गुड़ाते हुए पूछा—

'क्या बात है दीनू! मुन्ना क्यों रो रहा है?'

'वैद्यजी! साला खाट पर से खेलते-खेलते गिर पड़ा। इसका हाथ ही सीधा नहीं हो रहा। हाथ छुओ तो भैंसे की तरह डकारने लगता है।'

वैद्यजी ने औरत को घुड़का—

'क्या ऊधम मचा रखा है। बच्चों की देखभाल ढंग से नहीं करती?'

'वैद्यजी! मैं तो खूब देखभाल करूं हूं।' औरत ने रोते हुए कहा।

'यह ससुरा है ही बड़ा हरामी।' आदमी बोला।

'इसे इधर ला!' वैद्यजी ने डपटकर औरत से कहा।

औरत बच्चे को पास ले आई। बच्चा बराबर रो रहा था। वैद्यजी ने बच्चे को डपटकर कहा–

'चुप रह बे! कान फाड़े डाल रहा है।'

बच्चा सहमकर चुप हो गया।

वैद्यजी ने उसका हाथ पकड़कर बड़ी बेरहमी से हिलाया, बच्चे की चीखें निकल गईं।

शेखर ने जल्दी से आगे बढ़कर कहा–

'यह आप क्या कर रहे हैं?'

'चुप रहो जी!' वैद्यजी ने शेखर को डांट दिया। फिर औरत से बोले– 'अंदर ले चल इसे। साले की हड्डी खिसक गई है। लेप लगा देता हूं, चढ़ जाएगी।'

औरत अंदर जाने लगी, तो शेखर ने उसे रोककर कहा–

'ठहरो बहनजी!'

औरत रुक गई।

वैद्यजी ने पलटकर शेखर को खूंखार नजरों से घूरा और गुर्राकर कहा– 'क्यों रोका जी तुमने?'

'वैद्यजी!' शेखर ने बड़ी नरमी से कहा– 'आप देख नहीं रहे बच्चे को कितनी तकलीफ है?'

'फिर?'

'बच्चे की कलाई की हड्डी टूट गई है।'

'वाह हड्डी टूट गई है।' वैद्यजी ने हाथ नचाकर कहा– 'हमने तो जैसे झक मारी है तीस साल से।'

फिर वैद्यजी ने औरत से कहा–

'चल री! अंदर चल बच्चे को लेकर।'

'जी नहीं!' शेखर ने शुष्क लहजे में कहा– 'मैं इसकी इजाजत नहीं दूंगा।'

'अरे वाह! तुम कौन होते हो इजाजत देने वाले?'

तभी पीछे से एक लड़की की आवाज आई– 'बापू! यह डॉक्टर है, डॉक्टर।'

'क्या?' उसने आश्चर्य से शेखर को घूरा।

शेखर ने गंभीर स्वर में कहा– 'जी हां! मैं डॉक्टर हूं।'

'भला यहां डॉक्टर का क्या काम है?'

'मैं यहां डिस्पेंसरी खोलने आया हूं।'

'डिस पिन सेरी?'

'शफाखाना–यानी अस्पताल।'

वैद्यजी के चेहरे पर कई रंग आए और चले गए।

शेखर ने औरत से कहा–

'बहन जी! इसे मेरे साथ ले चलो। कलाई पर प्लास्टर चढ़ाना पड़ेगा।'

'अरे! जाओ-जाओ।' वैद्यजी ने आगे बढ़कर गुर्राकर कहा– 'तुम होते कौन हो मेरा धंधा खराब करने वाले। खबरदार जो बच्चे को हाथ भी लगाया।'

'आप मेरे पिता के समान हैं। फिर भी मैं आपको इस बच्चे का हाथ खराब करने की इजाजत हरगिज नहीं दूंगा।'

'अरे जाओ-जाओ। हम तीस साल से इलाज कर रहे हैं। सबको लूला-लंगड़ा ही तो बनाते रहे हैं।'

फिर वैद्यजी ने औरत से कहा–

'चल री! बच्चे को अंदर ले चल।'

'देखिए बहन जी! अगर आप अपने बच्चे को लूला बनाना चाहती हैं, तो कोई बात नहीं वरना...।'

'ओ दीनू!' वैद्यजी ने गुस्से से कहा– 'क्यों रे! तू तो इस तरह गूंगा बना खड़ा है, जैसे तेरा या तेरे घरवालों का मैंने कभी इलाज ही नहीं किया।'

'क्यों नहीं किया...!' दीनू जल्दी से बोला– 'आज तक वैद्यजी का इलाज ही तो होता रहा है हमारे पूरे परिवार में।'

'देखो काका! तुम्हारे कितने बच्चे हैं?' शेखर ने बड़ी नरमी से पूछा।

'पांच।'

'कितने लड़के और कितनी लड़कियां?'

'एक लड़का और चार लड़कियां।'

'यानी तुम्हारे घर में बस एक यही लड़का है?'

'हां!' दीनू ने उत्तर दिया और अपनी पत्नी से बोला– 'चल री! ले चल बच्चे को अंदर।'

वैद्यजी झपटकर औरत से बोले– 'ले क्यों नहीं जाती बच्चे को अंदर?'

शेखर ने जरा-सी सख्ती से कहा– 'जी नहीं, मैं इसकी इजाजत नहीं दूंगा। दीनू यह लड़का ही तुम्हारे बुढ़ापे का सहारा बनेगा।'

'सो तो बनेगा ही।'

'क्या बुढ़ापे के सहारे को लूला देखकर तुम्हें खुशी होगी?'

'क्या बकते हो जी!' दीनू ने गुस्से से कहा– 'आज तक वैद्यजी ही हमारे परिवार का इलाज करते रहे हैं। हम तो इन्हीं से इलाज कराएंगे।' फिर दीनू अपनी पत्नी से बोला– 'चल री अंदर चल। सोच क्या रही है?'

वह अपनी पत्नी को धकेलता हुआ अंदर ले गया।

शेखर ने ठंडी सांस ली और वहां से चल पड़ा। मंजू भी उसके पीछे-पीछे चल पड़ी।

एक किसान हल और बैल लेकर उस तरफ से गुजर रहा था। शेखर ने रोका तो वह आश्चर्य से उसे और मंजू को देखने लगा। शेखर ने उससे कहा—

'बाबा! हमें मुखिया जी के घर का रास्ता बता दो।'

'शहर से आए हो?'

'हां बाबा!'

किसान ने एक ओर इशारा करके कहा—

'उधर चले जाओ। एक बड़ा-सा बेरी का पेड़ आएगा, उसी के साथ बड़े से चबूतरे वाला मकान है मुखिया जी का।'

'धन्यवाद काका!'

शेखर और मंजू उसी ओर चल पड़े। कुछ देर बाद वह बेरी के पेड़ वाले बड़े से चबूतरे के सामने पहुंच गए। हवेली जैसा बड़ा-सा मकान था। एक ओर दालान था। चबूतरे के नीचे एक बुड्ढा भैंस का दूध दुह रहा था।

शेखर ने उसके पास जाकर कहा—

'हमें मुखिया जी से मिलना है।'

बूढ़े ने उन्हें खाट पर बैठने का इशारा किया और दूध दुहने के बाद मकान के अंदर चला गया।

कुछ मिनट बाद ही अधेड़ उम्र और इकहरे बदन का एक आदमी बाहर आया और शेखर को ध्यान से देखते हुए उसकी ओर बढ़ा।

शेखर ने आगे बढ़कर कहा— 'नमस्ते मुखिया जी!'

'जीते रहो। तुम बंबई से आए हो?'

'जी हां!'

मुखिया ने आगे बढ़कर शेखर को गले से लगाते हुए कहा— 'श्रीकांत का पत्र मुझे मिल गया था। तुम उसके होने वाले दामाद हो ना?'

'जी!'

'मुझे मालूम था कि तुम आजकल में आने वाले हो। यह लड़की कौन है?'

'जी, यह नर्स है।'

'तुम्हारा सामान कहां है?'

'जीप में है। जीप यहां से एक मील दूर पीपल वाले मंदिर के पास एक गड्ढे में अटकी पड़ी है। कंपाउंडर को वहां छोड़कर मैं मदद लेने चला आया।'

'मेरा लड़का थोड़ी देर में आने वाला है। उसके साथ ट्रैक्टर भेज दूंगा। जीप को उससे बांधकर गड्ढे से बाहर निकाल लेंगे। तुम आराम से बैठो।'

'जी, मेरा कंपाउंडर बहुत ही डरपोक है।'

'एक नौकर भेजे देता हूं, तुम्हारे नौकर के पास।'

तभी गली की ओर से तेज रोशनी और गड़गड़ाहट सुनाई दी। मुखिया ने चौंककर कहा—

'शायद हमारा ट्रैक्टर आ गया।'

शेखर ने उसे देखते हुए कहा— 'जी नहीं, यह तो जीप की आवाज है।'

'इसे मेरा लड़का ही लाया होगा। मेरे लड़के के सिवाय गांव में मोटर ड्राइवरी कोई जानता ही नहीं है।'

कुछ सेकेंड बाद जीप चबूतरे के पास आकर रुक गई। जीप से मुखिया का लड़का उतरा।

'देखो!' मुखिया ने कहा— 'मैं कहता था, वही होगा।'

शेखर सन्नाटे में खड़ा रह गया। मुखिया का लड़का और कोई नहीं जसपाल था।

शायद जसपाल की नजर शेखर पर नहीं पड़ी थी। उसने अपने पिता के पास आकर कहा—

'पिताजी! डॉक्टर की जीप फंस गई थी, मैं निकलवाकर ले आया हूं।'

ढोंगीलाल भी जीप से उतर गया।

जसपाल एक ओर चल पड़ा तो मुखिया ने उसे रोककर कहा—

'अरे सुन तो बेटे! यह हैं डॉक्टर, अब ये यहीं रहेंगे। इनसे तुम्हारा परिचय भी तो हो जाना चाहिए, क्योंकि गांव-भर में एक तुम्हीं तो शहर में रहे हो और सबसे ज्यादा पढ़े-लिखे हो। यह मेरे एक बहुत पुराने मित्र श्रीकांत के होने वाले दामाद डॉ. शेखर हैं। अभी-अभी इंग्लैंड से डॉक्टरी की डिग्री लेकर आए हैं।'

फिर उन्होंने शेखर से कहा— 'यह मेरा बेटा है। इसका नाम जसपाल है। यह भी शहर में रहकर पढ़ा है।'

जसपाल ने झटके से अपनी गर्दन उठाकर शेखर की ओर देखा। उसके होंठों पर एक विचित्र-सी मुस्कराहट फैल गई। उसने शेखर की ओर धीरे से हाथ बढ़ा दिया, उसकी अद्भुत मुस्कराहट रहस्यमय थी। वह बोला— 'हाथ नहीं मिलाओगे डॉक्टर?'

शेखर ने मुस्कराकर हाथ बढ़ा दिया।

जसपाल ने भी मुस्कराकर उसका हाथ अपने हाथ में ले लिया और उसे जोर से दबाते हुए हंसने लगा। लेकिन शेखर के माथे पर बल नहीं आया। उसने जसपाल की शक्ति का उत्तर शक्ति से दिया।

मुखिया ने कहा— 'तुम दोनों शहरी हो। तुम दोनों का मन बहला रहेगा।'

जसपाल मुस्कराकर बोला—

'हां पिताजी! खूब गुजरेगी जो मिल बैठेंगे दीवाने दो।'

'अच्छा बेटे! तुम इन लोगों को वह जगह दिखा दो, जहां इनके रहने का इंतजाम किया है।'

'चलो डॉक्टर! तुम्हारे रहने की जगह बता दूं।'

तभी एक नौकर घोड़े की लगाम पकड़कर ले आया। जसपाल ने वहीं से छलांग लगाई और घोड़े की पीठ पर सवार हो गया। घोड़ा लगामें खींचने से हिनहिनाया और पिछली दो टांगों पर खड़ा हो गया।

मुखिया जी मूंछों पर ताव देकर मुस्कराते हुए बोले—

'मेरे बेटे जैसा पूरे भारत में कोई घुड़सवार नहीं है।'

जसपाल ने घोड़े को शेखर की ओर मोड़ते हुए कहा—

'चलो डॉक्टर! सोच क्या रहे हो?'

शेखर चौंक पड़ा। फिर जीप में बैठकर जसपाल के घोड़े के पीछे-पीछे चल दिया। मंजू उसके बराबर में और ढोंगीलाल पिछली सीट पर बैठा था। शेखर के चेहरे पर चिंता की गहरी परछाई डोल रही थी।

थोड़ी देर बाद वे लोग गांव से बाहर एक इमारत के पास पहुंच गए। यह इमारत बंगले जैसी थी, लेकिन थी बहुत ही पुरानी। छत पर खपरैलें थीं। फाटक बहुत पुराना था।

जसपाल ने घोड़े पर बैठे-बैठे पांव की ठोकर से फाटक खोल दिया और घोड़े को बढ़ाते हुए बोला—

'मेरे पीछे चले आओ डॉक्टर।'

शेखर की जीप घोड़े के पीछे-पीछे अंदर पहुंच गई।

जसपाल ने घोड़े से कूदकर छलांग लगाई। वह शेखर से बोला— 'यह बहुत पुराना डाक बंगला है। अंग्रजी हुकूमत के समय, यहां कभी-कभी अंग्रेज कलेक्टर आकर ठहरा करते थे। एक रात एक अंग्रेज कलेक्टर की किसी ने इस डाक बंगले में हत्या कर दी थी, बीसियों पहरेदारों के बीच।'

जसपाल ने कहा और हंसने लगा। फिर बोला—

'तुम्हारे पास टॉर्च होगी?'

शेखर ने सामान में से टॉर्च निकालकर दे दी। जसपाल ने टॉर्च लेकर आगे बढ़ते हुए कहा— 'मेरे पीछे चले आओ शेखर। अंदर रोशनी का इंतजाम है।'

शेखर उसके पीछे-पीछे चल पड़ा। मंजू और ढोंगीलाल बाहर ही रह गए।

अंदर पहुंचकर जसपाल ने एक बड़ा-सा कैरोसिन लैंप जला दिया। लैंप की रोशनी चारों ओर फैल गई।

जसपाल ने कहा— 'रोशनी में बंगले को अच्छी तरह देख लो।'

'क्यों?'

'इस बंगले में चार कमरे हैं। एक तुम्हारे लिए ठीक करा दिया गया है। सामने वाला कमरा मरीजों को देखने के लिए है। बाकी दो कमरों में तुम्हारी नर्स और कंपाउंडर रह सकते हैं। बाहरी बरामदा मरीजों के बैठने के काम आ जाएगा।'

जसपाल ने पूरा बंगला दिखा दिया।

'मैं अब जा रहा हूं। तुम लोगों के लिए खाने-पीने का सामान भिजवाए देता हूं।'

जसपाल दरवाजे की ओर बढ़ा तो शेखर ने कहा—

'सुनो जसपाल!'

जसपाल ठिठककर रुक गया।

'कहो?'

'मैं यहां डिस्पेंसरी खोलने आया हूं। जसपाल! तुम मेरे मुकाबले में प्यार की बाजी हार चुके हो। तुमने अपनी परायज प्रसन्नतापूर्वक स्वीकार कर ली होगी।'

जसपाल ने कहकहा लगाया और बोला—

'हां, मैं कृष्णा से पराजित हो चुका हूं, इसलिए मेरा सारा भविष्य अंधकारपूर्ण हो गया है। एम.एससी. और डी.एससी. करने के बाद और राइडिंग चैंपियन होते हुए भी इस उजाड़ गांव में पड़ा हुआ हूं।'

शेखर कुछ न बोला।

जसपाल ने मुस्कराकर कहा—

'मैंने कृष्णा से हार मानी है, तुमसे नहीं। मेरी-तुम्हारी लड़ाई का आरंभ तो उस दिन हुआ था, जिस दिन मुझे तुम्हारी और कृष्णा की सगाई का समाचार मिला था।'

जसपाल चल पड़ा। जब वह दरवाजे पर पहुंचा तो सहसा पलटकर बोला—

'लेकिन जसपाल को गिरा हुआ दुश्मन न समझना। मैं इस सुनसान बंगले या आसपास के सुनसान जंगल में तुम पर पीछे से वार नहीं करूंगा।'

जसपाल ने कहा और तेजी से बाहर निकल गया।

शेखर सन्नाटे में खड़ा रह गया।

☐☐
☐☐

शेखर ने कलाई की घड़ी देखी। दिन के दो बज चुके थे, लेकिन अभी तक एक भी मरीज नहीं आया था। डिस्पेंसरी खुले तीन दिन हो चुके थे।

मुखिया जी दिन में एक बार शेखर का हालचाल पूछ जाते थे।

अकेले में बैठे रहने से शेखर को जम्हाइयां आने लगीं। एक कोने में कुर्सी पर बैठी मंजू भी ऊंघ रही थी।

अचानक किसी ने बड़े जोर से लाठी फटकारी। शेखर और ढोंगीलाल चौंक उठे, लेकिन मंजू उसी तरह ऊंघती रही।

शेखर की नजर एक लंबे-तगड़े आदमी पर पड़ी, जो एक हाथ में अपना गाल दबाए हुए था। शेखर ने संभलकर बैठते हुए कहा—

'क्या बात है?'

'डॉक्टर साहब! बहुत जोर का दर्द हो रहा है दांत में।'

अब मंजू भी चौंककर सीधी बैठ गई।

शेखर ने देहाती को बैठाकर उसकी दाढ़ को देखा। फिर बोला— 'पहले भी कभी दर्द हुआ था?'

'जी नहीं!'

'कभी कीड़ा लगा था?'

'कभी नहीं।'

शेखर ने देहाती को बड़े ध्यान से देखा। फिर बोला—

'मुझे तो तुम्हारे दांतों में कोई तकलीफ दिखाई नहीं देती।'

'अरे! फिर तुम डॉक्टर काहे के हो?' देहाती ने लाठी फटकारी।

शेखर ने ठंडी सांस लेकर कहा—

'ढोंगीलाल इन्हें एक डोज कुनैन मिक्सचर दे दो।'

ढोंगीलाल ने एक डोज कुनैन मिक्सचर बनाकर देहाती को दे दिया। देहाती एक ही घूंट में पी गया। उसका सारा मुंह कड़वा हो गया।

'बड़ी कड़वी दवा है डॉक्टर साहब।'

'दवा कड़वी ही होती है।' शेखर ने इत्मीनान से कहा।

देहाती ने पांच रुपये का नोट निकालकर शेखर की ओर बढ़ाया।

शेखर ने कहा— 'एक डोज के पैसे नहीं लिए जाते।'

देहाती ने नोट जेब में रखा और बरामदे से नीचे उतर गया।

अचानक उसने पेट पकड़ा और दोहरा हो गया। फिर जोर से चिल्ला उठा—

'अरे मर गया...अरे मर गया...हाय मुझे मार डाला।'

शेखर और ढोंगीलाल हड़बड़ाकर खड़े हो गए। मंजू भी बौखलाकर खड़ी हो गई।

देहाती चिल्ला रहा था—

'अरे मुझे मार डाला। अरे जाने मुझे क्या पिला दिया डॉक्टर ने।'

अचानक आठ-दस आदमी, जो लंबे-तगड़े थे, लाठियां लेकर आ गए। उनमें सबसे आगे वैद्यजी थे। उनके हाथों में हुक्का था। उन्होंने आगे बढ़कर चिल्लाने वाले से पूछा—

'क्या हुआ जगनलाल?'

'वैद्यजी! मुझे तो मार डाला इस डॉक्टर ने।'

'क्या किया डॉक्टर ने?'

'मेरे दांत में दर्द था। इस कमबख्त ने न जाने क्या पिला दिया। मेरी जान निकली जा रही है। ऐसा लगता है जैसे आंतें कटी जा रही हैं।'

शेखर सन्नाटे में खड़ा था, ढोंगीलाल थर-थर कांप रहा था। मंजू के पीछे भी यही रहस्य था।

वैद्यजी ने शेखर को घूरते हुए कहा—

'अरे हम तो पहले ही समझ गए थे कि शहरी डॉक्टर आ गया है। अब गांव में चार-छह जानें जाएंगी ही।'

'अरे मैं मर गया। मेरे बाल-बच्चों का क्या होगा?' वह देहाती चीखकर बोला।

ढोंगीलाल ने जल्दी से कांपती हुई आवाज में कहा—

'घबराओ मत, हम संभाल लेंगे।'

'देख लिया तुम लोगों ने—मुझे मारकर मेरे बाल-बच्चों को संभालने आए हैं।'

'यह डॉक्टर तो गांव को वीरान कर देगा।'

'इससे पहले ही हम लोग इसे गांव से निकाल देंगे।'

'ओ डॉक्टर!' एक गुंडे ने चीखकर कहा— 'अपनी खैरियत चाहता है, तो सामान बांध और गांव से चला जा इसी समय।'

शेखर ने गंभीरता से कहा— 'जब तक मुझे मुखिया जी यहां से नहीं निकालेंगे, मैं नहीं जाऊंगा।'

'यह यों नहीं जाएगा लड़कों।' वैद्यजी ने आंख का इशारा किया।

अचानक एक बदमाश ने शेखर पर लाठी छोड़ दी, लेकिन शेखर कूदकर एक ओर हट गया। लाठी बड़े जोर से बरामदे के फर्श पर जाकर टकराई। लाठी चलाने वाले के हाथ झनझना गए। ढोंगीलाल चीखकर अंदर घुस गया। मंजू दीवार से लगी थर-थर कांप रही थी। जब तक कोई दूसरा आदमी हमला करता, शेखर पहले आदमी से लाठी छीन चुका था। उसने एक साथ तीन लाठियां अपनी लाठी पर रोकी और उन्हें पीछे धकेल दिया।

वैद्य हुक्का गुड़गुड़ाकर चिल्लाया—

'शाबास लड़कों! बचकर न निकलने पाए।'

तीन बदमाशों ने बड़े जोश से शेखर पर हमला किया।

तभी पीछे से एक दहाड़ सुनाई दी।

'क्या हो रहा है यह?'

बदमाश चौंककर रुक गए। सामने घोड़े पर जसपाल बैठा था। उसे देखकर

पहला देहाती पेट पकड़कर चिल्लाया–

'हाय मुझे मार डाला–मुझे मार डाला।'

जसपाल घोड़ा बढ़ाकर आगे आया और एक-एक को घूरकर बोला– 'क्या हो रहा था यहां?'

'अरे जसपाल बेटा!' वैद्यजी ने कहा– 'इस बेचारे जगनलाल को इस डॉक्टर ने जाने क्या पिला दिया।'

जसपाल ने शेखर की ओर देखकर पूछा–

'क्या पिलाया था तुमने इसे?'

'कुनैन मिक्सचर।'

'क्या मतलब?'

'ये लोग वैद्यजी की साजिश से यहां आए हैं। जगनलाल ने दांत के दर्द का बहाना किया। मुझे इसके दांत में कोई खराबी दिखाई न दी। मैंने इसे सबक देने के लिए इसे कुनैन मिक्सचर पिला दिया। अब यह पेट दर्द का भी बहाना कर रहा है।'

जसपाल ने जगनलाल की ओर देखकर गुस्से से कहा–

'क्यों बे! क्या सचमुच तेरे पेट में दर्द हो रहा है?'

'वह–वह छोटे मुखिया!'

जसपाल ने हंटर हवा में लहराया–

'सच बता, वरना तेरी खाल उधेड़ दूंगा।'

जगनलाल हाथ जोड़कर गिड़गिड़ाया–

'छोटे मुखिया! मुझे तो वैद्यजी ने बीस रुपये दिए थे।'

जसपाल ने वैद्यजी की ओर मुड़कर कहा– 'वैद्यजी!'

वैद्यजी जल्दी से बोले– 'बेटा! मैं कब चाहूं हूं। वह तो गांव वाले चाहे हैं कि यह डॉक्टर गांव छोड़कर चला जाए।'

'जब गांव वाले चाहेंगे; तो पिताजी से आकर कहेंगे और जब पिताजी कहेंगे, डॉक्टर गांव छोड़कर चला जाएगा।'

फिर जसपाल ने शेखर की ओर देखकर व्यंग्यभरी मुस्कराहट के साथ कहा–

'यह बेचारा अभी-अभी तो आया है। अभी तो इसकी उचित खातिरदारी भी नहीं हुई। भाग जाओ यहां से। मेरे पूछे बिना अगर किसी ने डॉक्टर की ओर देखा तो आंखें निकाल लूंगा।'

वे लोग चले गए।

जसपाल ने शेखर की ओर देखकर मुस्कराते हुए कहा–

'चैन से बैठो डॉक्टर! जब तक हम नहीं चाहेंगे, तुम्हारा कोई भी कुछ नहीं

बिगाड़ सकता। और हमारे चाहने का अभी समय नहीं आया।'

फिर उसने इत्मीनान से घोड़ा दौड़ाया और चला गया।

शेखर सन्नाटे में खड़ा रहा।

ढोंगीलाल और मंजू के चेहरे सफेद पड़े हुए थे।

ढोंगीलाल तेजी से अंदर गया और जल्दी-जल्दी अपना बिस्तर समेटने लगा।

शेखर ने पूछा– 'यह क्या कर रहे हो ढोंगीलाल?'

'वापसी का इंतजाम।'

'क्या मतलब?'

'डॉक्टर साहब! मुझे अपने छह बहन-भाइयों को भूखा नहीं मारना।'

'बहन-भाई! लेकिन तुम तो उन्हें अपने बच्चे बताते थे?'

'अरे हां-हां बच्चे!' ढोंगीलाल जल्दी से बोला।

'ठीक है, तुम जाओ। मैं डॉ. भास्कर को चिट्ठी लिखे देता हूं कि तुमने उन्हें बेवकूफ बनाया था। वह इंक्वायरी करा लेंगे।'

'नहीं, डॉक्टर साहब! मैं हाथ जोड़ता हूं।' ढोंगीलाल गिड़गिड़ाया।

'तुमने झूठ क्यों बोला?'

'मैंने झूठ इसलिए बोला था कि लोग बच्चों की बात सुनकर ज्यादा तरस खाते हैं। मेरे मां-बाप, छह बहन-भाइयों को मेरे सिर पर थोपकर स्वर्ग सिधार गए और अब उन्हें पालना पड़ रहा है मुझे।'

'तुम उन्हें पालना चाहते हो तो यहीं रहो, अगर भूखों मारना चाहते...।'

'पालना चाहता हूं।'

'तो फिर जाने का विचार छोड़ दो, क्योंकि डॉ. भास्कर तुम्हें बंबई में कहीं भी नौकरी नहीं करने देंगे।'

'मगर यहां तो...।'

'ढोंगीलाल! तुम मर्द होकर जरा-सी परेशानी से घबरा गए। इंसान को हर स्थिति का बहादुरी से मुकाबला करना चाहिए।'

तभी किसी के कदमों की आहट सुनाई दी। शेखर ने देखा, एक औरत एक बच्चे को गोद में लिए आ रही है। शेखर ने पहचाना; यह वही औरत थी, जिसके बच्चे के हाथ की हड्डी टूट गई थी।

शेखर ने पूछा– 'क्या बात है बहन जी?'

औरत गिड़गिड़ाई– 'डॉक्टर बाबू! मेरे बच्चे का हाथ बचा लो।'

'क्यों, क्या हुआ?'

'वैद्यजी ने न जाने क्या कर दिया। आज मैं इसे शहर ले गई थी। बड़े डॉक्टर ने कहा है कि हाथ काटना पड़ेगा, हाथ खराब हो गया है।'

'नहीं-नहीं, तुम्हारे बच्चे का हाथ ठीक हो जाएगा।'

शेखर ने बेहोश बच्चे को मेज पर लिटा दिया। उसकी कलाई की हड्डी टटोलकर सही जगह फिट की। बच्चा बेहोशी में भी कराह उठा। फिर शेखर ने कलाई पर प्लास्टर चढ़ा दिया और औरत से बोला–

'तुम चिंता मत करो। अब तुम्हारे बच्चे का हाथ बिलकुल ठीक हो जाएगा। अगर कुछ दिन और प्लास्टर न चढ़ता तो हाथ सचमुच ही कटवाना पड़ता।'

औरत रोकर बोली–

'लेकिन अगर मेरे पति को पता चल गया तो वह...।'

'बच्चे का हाथ ढंककर रखना। वैद्यजी जो भी दवा या लेप दिया करे, कह दिया करना कि लगा दिया और जब हाथ बिलकुल ठीक जो जाए, तब पति को दिखा देना।'

औरत ने पल्लू में से दस रुपये का नोट निकालकर शेखर की ओर बढ़ाते हुए कहा–

'डॉक्टर बाबू! मेरे पास बस यही दस रुपया है। तीन दिन में वैद्यजी तीस रुपये ले चुके हैं। अब हमारे पास कुछ नहीं है। हम लोग बहुत गरीब हैं।'

शेखर ने उसे तसल्ली देते हुए कहा– 'बहन जी! रुपये से ज्यादा कीमती बच्चे का हाथ है। मुझे रुपयों की जरूरत नहीं। आप यह रुपया अपने पास रखो।'

औरत जोर से रो पड़ी।

❏❏
❏❏

शेखर चौंककर देख रहा था। एक औरत चुपके-चुपके इधर-उधर देखती हुई अंदर आ रही थी। शेखर के पास आकर वह डरी-डरी-सी कुर्सी पर बैठ गई।

शेखर ने पूछा– 'क्या बात है बहन जी!'

'डॉक्टर साहब!' औरत हाथ जोड़कर बोली– 'मेरे पति को सांस की बीमारी है। एक कदम नहीं चल पाता।'

'किसका इलाज किया था पहले?'

'वैद्यजी का इलाज चल रहा था, लेकिन उनकी दवा से कोई फायदा नहीं हुआ। मेरे सारे जेवर बिक गए। अब दवा तो दूर, बच्चों के खाने के लिए भी कुछ नहीं है। आज तो चूल्हा भी नहीं जला और उनकी हालत भी आज बहुत खराब है।' कहते-कहते औरत रो पड़ी। फिर सिसकते हुए बोली–

'किसी तरह वह ठीक हो जाएं, तो मेहनत-मजदूरी करके बच्चों का पेट तो भर लेंगे। आप बसंती के बच्चे का इलाज मुफ्त कर रहे हैं, उसी ने मुझे बताया है कि आप इंसान नहीं देवता हैं। मेरे पति का इलाज भी कर दीजिए। मैं आपको वचन देती हूं कि जब मेरे पति ठीक होकर मेहनत-मजदूरी करने लगेंगे, तो मैं आपकी पाई-पाई चुका दूंगी।'

'चिंता मत करो बहन। सब ठीक हो जाएगा।'

शेखर ने एक पर्चे पर दवा लिखकर पर्चा उसे देते हुए कहा— 'जाओ! कंपाउंडर से दवा ले लो। चार दिन की दवा है।'

'भगवान आपको सदा सुखी रखें, डॉक्टर साहब।'

फिर औरत दवा लेकर जाने लगी तो शेखर ने उसे बुलाकर पूछा—

'जब तक तुम्हारे पति ठीक नहीं होते, तब तक तुम्हारे घर में चूल्हा कैसे जलेगा?'

'डॉक्टर बाबू! हम गरीबों को भूखे रहने की आदत होती है।'

'लेकिन भगवान यह कभी पसंद नहीं करते कि एक का पेटा भरा रहे और दूसरे का खाली रहे।'

शेखर कुछ रुपये जेब से निकालकर उसे देते हुए बोला—

'इन्हें उधार समझकर रख लो, जब तुम्हारे पति मजदूरी करने लगें तो वापस कर देना।'

औरत फूट-फूटकर रोने लगी।

जब वह औरत चली गई तो ढोंगीलाल सिर पकड़कर बैठ गया। शेखर ने उससे पूछा—

'क्या तुम्हारे सिर में दर्द हो रहा है?'

'जी नहीं। मैं तो यह सोच रहा हूं कि आप यहां प्रैक्टिस करने आए हैं या सदाव्रत बांटने।'

'ढोंगीलाल! पेट की आग आदमी को कितना गिरा देती है, तुम नहीं जान सकते।'

'आप किस-किसका बोझ उठाएंगे?' ढोंगीलाल ने कहा। फिर वह मंजू की ओर मुड़कर बोला— 'क्यों नर्स?'

मंजू की आंखों में आश्चर्य उभर आया।

ढोंगीलाल सिर पकड़कर बोला—

'एक नर्स साथ आई है, तो वह भी गूंगी-बहरी है।'

तभी एक मरीज डरते-डरते अंदर आया। शेखर का ध्यान उसकी ओर चला गया।

◻◻
◻◻

वैद्यजी की आंखों में क्रोध और चिंता झलक रही थी। वह हुक्का गुड़गुड़ा रहे थे।

अचानक एक लंबा-तगड़ा आदमी अंदर आया। उसके हाथ में एक लंबी लाठी-सी थी।

वैद्यजी उसे देखकर संभलकर बैठ गए और बोले—

'तुम खूब आए बलवंत। मैं तुम्हीं को याद कर रहा था।'

'हुक्म करो वैद्यजी।'

'तुम्हारे होते हुए मेरा धंधा चौपट हुआ जा रहा है। जबसे वह डॉक्टर आया है गांव में, आधे से ज्यादा गांववालों को उसने मुफ्त दवा देकर अपनी ओर कर लिया है। दवा भी मुफ्त देता है और रुपया भी उधार दे देता है।'

'तो फिर मार डालूं उसे?'

'नहीं-नहीं।' वैद्यजी ने कांपकर कहा— 'इसमें तो खतरा है। कहीं तू पकड़ा गया, तो मैं भी पकड़ा जाऊंगा।'

'फिर क्या करूं, हाथ-पैर तोड़ दूं?'

'इसकी भी जरूरत नहीं। तूने उसकी नर्स देखी है?'

'बड़ी जोर की है जालिम।'

'बस उसी को उठा ला। खुद भी ऐश कर और चार यारों को भी ऐसा करवा। दूसरे दिन नर्स भाग जाएगी। दो दिन बाद किसी औरत को भेजकर कंपाउंडर के जूते लगवा दे। वह भी भाग जाएगा। इसके बाद डॉक्टर भी खुद चला जाएगा।'

'तरकीब तो बहुत शानदार है वैद्यजी।' बलवंत मूंछों पर ताव देकर बोला— 'आज ही लो।'

बलवंत की आंखों में एक शैतानी चमक जाग उठी।

रात के लगभग दस बजे थे। शेखर अपने कमरे में बैठा कृष्णा को पत्र लिख रहा था। पत्र लिखने के बाद वह उसे पढ़ने लगा।

'मेरे जीवन सर्वस्व! मेरी कृष्णा!

इस बार तुम्हें देर से पत्र लिख रहा हूं। कारण यह है कि मेरी प्रैक्टिस जमती जा रही है। आधे से ज्यादा गांववाले आने लगे हैं, लेकिन अभी बहुत-सी कठिनाइयों को पार करना है। जब तक मैं न लिखूं, तुम यहां मत आना। समय निकालकर मैं ही आ जाऊंगा।

आशा है, मांजी और बाबूजी स्वस्थ और सानंद होंगे। उन्हें मेरा प्रणाम कहना। अपना ध्यान रखना।

तुम्हारा
शेखर।'

शेखर ने पत्र लिफाफे में रखकर लिफाफा बंद कर दिया, तभी सहसा उसे ऐसा लगा, जैसे कोई चीज हॉल में गिरी हो। शेखर चौंक पड़ा। लिफाफा मेज पर रखकर वह जल्दी से उठ गया। उसने जल्दी से दरवाजा खोला, लेकिन जैसे ही उसने दरवाजे के बाहर कदम रखा। उसकी आंखों के सामने बिजली-सी

कौंध उठी। किसी ने उस पर लाठी से हमला किया था।

शेखर बड़ी फुर्ती से उछलकर पीछे हट गया। लाठी फर्श से टकराई। शेखर ने उछलकर लाठी पर पांव रख दिया और लाठी वाले की खोपड़ी पर एक जोर का घूंसा मारा। वह लुढ़ककर पीछे जा गिरा।

शेखर ने जल्दी से लाठी उठा ली। आक्रमणकारी बाहर की ओर भागा। शेखर उसके पीछे झपटा। बाहर पहुंचकर शेखर ने देखा, एक आदमी मंजू को कंधे पर डालकर ले जा रहा था। मंजू बुरी तरह मचल रही थी। शेखर लाठी लेकर उसके पीछे झपटा, लेकिन उसके पीछे से तीन लट्ठबाज उस पर टूट पड़े। शेखर ने तीनों के वार बचाए और मंजू को उठाने वाले की टांगों में उछलकर अगंड़ी मारी। वह गिर पड़ा। मंजू भी लुढ़ककर एक ओर जा गिरी। शेखर ने झपटकर उस आदमी की गर्दन दबोच ली। उस आदमी ने फुर्ती से चाकू निकाल लिया, लेकिन शेखर ने झपटकर चाकू छीन लिया और उस आदमी की गर्दन से चाकू की नोक लगा दी। फिर तीनों आक्रमणकारियों को संबोधित करके बोला—

'खबरदार! अगर कोई एक कदम भी आगे बढ़ा तो मैं इसे मार डालूंगा।'

'ठहरो—ठहर जाओ।' बलवंत भयभीत होकर चीखा।

तीनों ठिठककर रुक गए।

मंजू उठकर खड़ी हो गई थी। वह थर-थर कांप रही थी।

शेखर ने जोर से पुकारा—

'ढोंगीलाल! ढोंगीलाल!'

लेकिन ढोंगीलाल का कहीं पता न था।

शेखर को कुछ संदेह हुआ। उसने बलवंत की गर्दन में चाकू की नोक चुभोकर कठोरता से पूछा—

'तुम लोगों ने क्या मेरे कंपाउंडर को मार डाला है?'

'नहीं-नहीं, उसे बांधकर डाल दिया है।' बलवंत कांपते हुए बोला।

तभी गांव के चौकीदार की आवाज आई—

'कौन है? खबरदार!'

शेखर ने चिल्लाकर कहा— 'रामधन! इधर आओ।'

चौकीदार लपककर आ गया।

'अरे! क्या बात है डॉक्टर साहब?'

'अंदर जाकर मेरे कंपाउंडर को खोल दो। अंदर से एक रस्सी लेते आना, इन तीनों को बांधना है।'

चौकीदार लपककर अंदर चला गया। थोड़ी देर बाद ढोंगीलाल के साथ वह बाहर आया। चौकीदार और ढोंगीलाल ने तीनों बदमाशों को रस्सी से बांध दिया।

शेखर ने एक रस्सी से बलवंत के हाथ पीछे करके बांध दिए। बलवंत कराहने लगा। उसके माथे से खून बह रहा था।

शेखर ने कहा–

'अरे! इसके माथे में तो काफी चोट लगी है।'

'डॉक्टर साहब! मैं इन बदमाशों को चौपाल पर ले जाता हूं।' चौकीदार ने कहा।

'ठहरो! इनकी मरहम-पट्टी कर लेने दो।'

'तब तक मैं जाकर मुखिया जी को खबर दे आऊं।'

चौकीदार दौड़ता हुआ चला गया। शेखर चारों बदमाशों को अंदर ले आया।

ढोंगीलाल ने कांपते हुए स्वर में कहा–

'डॉक्टर साहब! आप इन बदमाशों की मरहम-पट्टी करेंगे। ये तो मुझे और आपको मार डालना चाहते थे।'

'ढोंगीलाल! ये लोग अपना कर्त्तव्य पूरा करने आए थे, हमें भी अपना कर्त्तव्य पूरा करना है। ये जानवर नहीं, इंसान हैं।'

बलवंत भौंचक्का-सा आंखें फाड़े शेखर को देखता रह गया।

शेखर ने बलवंत और उसके साथियों की मरहम-पट्टी की। इतने में मुखिया जी और जसपाल अंदर आ गए। उनके पीछे गांव वालों की बहुत बड़ी भीड़ थी। मुखिया जी को देखकर शेखर उठकर खड़ा हो गया।

'तुम्हें कहीं चोट तो नहीं आई बेटे?' मुखिया जी ने पूछा।

'जी नहीं।'

मुखिया जी बलवंत को घूरकर बोले–

'तू है बलवंत। कमीने, तेरी हिम्मत कैसे हुई एक देवता पर हाथ उठाने की?'

'मुखिया जी!' बलवंत रो पड़ा– 'मुझे यह पता न था कि डॉक्टर बाबू सचमुच देवता हैं।'

'कमीने! मैं तुझे जेल में सड़वा दूंगा।'

'मुखिया जी! जेल भेजने से पहले इतना मौका दे दीजिए कि मुझे जिस कमीने वैद्य ने भड़काया था, उसकी चटनी बना दूं।'

बाहर से गांव वालों की आवाजें आ रही थीं–

'डॉक्टर बाबू पर हमला करने वाले को बाहर लाओ।'

'हम उसे जान से मार डालेंगे।'

'हम एक देवता पर हाथ उठाने वाले को छोड़ेंगे नहीं।'

बलवंत ने भर्राए स्वर में कहा–

'मुखिया जी! मुझे इन गांव वालों के सुपुर्द कर दीजिए, ताकि वे लोग मेरी

बोटी-बोटी काट डालें। यही मेरी सजा है। लेकिन इससे पहले उस वैद्य को...।'

'नहीं बलवंत!' शेखर ने बलवंत के कंधे पर हाथ रखकर बड़ी नरमी से कहा– 'वैद्यजी ने जो कुछ किया, अपना धंधा बचाने के लिए किया। मैं इसमें उनको कोई दोष नहीं देता और तुमने जो कुछ किया, वैद्यजी के बहकाने पर किया। जब आदमी को अपनी भूल का अनुभव हो जाए तो यही उसके लिए सबसे बड़ा दंड होता है। मैं तुम्हें माफ करता हूं।'

'डॉक्टर बाबू!' बलवंत की आवाज रुंध गई।

शेखर ने ढोंगीलाल से कहा– 'ढोंगीलाल! इन्हें खोल दो।'

'बाप रे! फिर उलट पड़े तो?'

'नहीं, अब ये कुछ नहीं करेंगे, तुम खोल दो।'

ढोंगीलाल ने उन्हें खोल दिया। बलवंत झपटकर बरामदे में आया और दोनों हाथ उठाकर चिल्लाकर बोला–

'गांव वालों! मैं बलवंत हूं। मैंने डॉक्टर बाबू की नर्स की आबरू लूटने और डॉक्टर बाबू को मारने का इरादा वैद्यजी के बहकावे में आकर किया था।'

'मारो, मारो!' गांव वाले चिल्लाए।

'मैं सजा पाने के लिए तैयार हूं।' बलवंत जोर से बोला– 'मगर मुझे इतनी मोहलत तो दे दो कि मैं वैद्यजी को सजा दे आऊं।'

'वैद्यजी को हम खुद सजा दे देंगे।' एक नौजवान चिल्लाया। लोगों ने इधर-उधर नजरें दौड़ाईं। वैद्यजी भीड़ में से चुपके से खिसकने लगे।

एक आदमी चिल्लाया– 'वह रहे वैद्यजी।'

'पकड़ लो, जाने न पाएं।'

कई आदमियों ने वैद्यजी को दबोच लिया।

वैद्यजी चिल्लाए–

'अरे बचाओ, बचाओ! मेरे छोटे-छोटे बाल-बच्चे...।'

बलवंत भीड़ चीरकर घुसते हुए गुर्राया–

'तेरे बाल-बच्चों को आज अनाथ बनाकर ही दम लूंगा कमीने।' जैसे ही बलवंत वैद्यजी तक पहुंचा, शेखर तेजी से उसके पास पहुंचा गया।

'ठहरो बलवंत! यह क्या कर रहे हो तुम?' शेखर ने बलवंत को धक्का देकर वैद्यजी को छुड़ा लिया।

'डॉक्टर बाबू! आप छोड़ दीजिए इसे।' बलवंत बोला।

'नहीं बलवंत! वैद्यजी के लिए इतनी ही सजा काफी है कि इतने लोगों के सामने इनका अपमान हो रहा है। वैद्यजी हमारे पिता के समान हैं। इससे अधिक अपमान करना ठीक नहीं है।'

'मगर डॉक्टर बाबू! इन्होंने आपके खिलाफ साजिश की थी।'

'यह सब इन्होंने अपने धंधे को बचाने के लिए किया था। भले ही वैद्यजी की उम्र और अनुभव मुझसे अधिक है, लेकिन इनका इलाज और ज्ञान सीमित है। वैद्यजी छोटी-मोटी बीमारी का ही इलाज कर सकते हैं, बड़े और जटिल रोगों का नहीं। मैं सब गांव वालों से प्रार्थना करता हूं कि सब लोग वैद्यजी का सम्मान उसी तरह करें, जिस तरह पहले करते थे और वैद्यजी से प्रार्थना करूंगा कि वे उन्हीं बीमारियों का इलाज करें, जिनका वे आसानी से कर सकते हैं। बाकी बीमारियों का इलाज न करें और उन्हें मेरे पास भेज दिया करें। धंधा तो सभी का चलते रहना चाहिए। मैं यहां लोगों की सेवा करने आया हूं, किसी का धंधा चौपट करने नहीं।'

वैद्यजी शेखर के कंधे पर हाथ रखकर भारी आवाज में बोले– 'शेखर बेटे!'

और फिर वह भरभराकर रो पड़े। मुखिया जी ने बढ़कर शेखर के कंधे पर हाथ रख दिया और बोले–

'तुम सचमुच देवता हो बेटे।'

जसपाल के होंठों पर भिन्न प्रकार की मुस्कराहट खेल रही थी।

बलवंत ने अपनी लाठी उठाई और उसे फटकारकर मूंछों पर ताव देते हुए बोला–

'डॉक्टर बाबू! अब अपने घर के सारे दरवाजे खोलकर निश्चिंत होकर सोया करो। अब यहां परिंदा भी पर नहीं मार सकता। इस इलाके के दस गांवों में बलवंत का राज है।'

'जाओ बेटे! आराम करो।' मुखिया जी ने शेखर से कहा।

गांव वाले भी चल दिए।

शेखर ने सबके चले जाने के बाद मंजू और ढोंगीलाल की ओर देखा। ढोंगीलाल आंखें फाड़े शेखर की ओर देख रहा था।

'क्या देख रहे हो ढोंगीलाल?'

'जी! यह देख रहा हूं कि आप कोई जादूगर तो नहीं हैं।'

'ढोंगीलाल! जादू आदमी कहीं से नहीं सीखता। अगर उसकी आत्मा सच्ची हो, तो समझ लो वही जादूगर है। आत्मा की सच्चाई ही सबसे बड़ा जादू है।'

मंजू की आंखों में भी आश्चर्य था। साथ ही आंसू भी थे। वह तेजी से आगे बढ़ी और शेखर के सीने से लगकर सिसकियां भरने लगी। शेखर उसकी पीठ थपथपाने लगा।

ढोंगीलाल ठंडी सांस लेकर बोला–

'बेचारी धन्यवाद के दो शब्द भी नहीं बोल सकती।'

मंजू शेखर का हाथ पकड़कर अपने कमरे में ले गई और उसने एक पैड पर लिखा–

'मैं आपका यह उपकार जीवन-भर न भूलूंगी।'

शेखर ने मुस्कराते हुए लिखा–

'तुम मेरे साथ यहां आई हो, तुम्हारी रक्षा करना मेरा कर्त्तव्य है।'

मंजू ने लिखा– 'आपने मेरे लिए अपनी जान पर खेलकर अपना कर्त्तव्य पूरा किया है। आप सचमुच देवता हैं। अगर आज मेरी आबरू लुट जाती, तो मैं आत्महत्या कर लेती। मेरी अपाहिज और बीमार मां एड़ियां रगड़-रगड़कर मर जाती। काश! मैं बोल पाती तो आपसे जी खोलकर बातें करती।'

शेखर ने लिखा– 'तुम्हें जो कुछ कहना है, लिखकर बता सकती हो।'

'मेरी मां का पत्र पढ़िए।' मंजू ने लिखा और एक पत्र शेखर की ओर बढ़ा दिया।

शेखर ने पत्र को पढ़ा। उसमें लिखा था–

> 'मंजू बेटी!
>
> तुम्हारे भेजे रुपये मिल गए हैं। मुझे जिंदा रखने के लिए तुम कितनी मुसीबतों को उठाती रहोगी। भगवान तुम्हें सुनने और बोलने की शक्ति लौटा दे; ताकि तुम जिसे प्यार करती हो, वह तुम्हें अपना ले।'
>
> तुम्हारी
> 'मां।'

शेखर ने चौंककर मंजू की ओर देखा। मंजू की आंखों में आंसू थे।

शेखर ने लिखा–

'क्या तुम किसी से प्यार करती हो?'

मंजू ने 'हां' में सिर हिला दिया।

शेखर ने फिर लिखा–

'तुम्हारे प्रेमी ने तुम्हें इसलिए छोड़ दिया है कि तुम गूंगी और बहरी हो गई हो?'

मंजू ने फिर 'हां' में सिर हिला दिया।

शेखर ने लिखा–

'वह कौन अभागा है, जिसने तुम जैसी देवी को ठुकराया है?'

मंजू के चेहरे पर याचना के भाव उभर आए। उसने लिखा–

'उन्हें बुरा मत कहिए। उनकी जगह जो भी होता, ऐसा ही करता। गूंगी और बहरी लड़की को भला कौन जीवन संगिनी बनाने की मूर्खता करेगा।'

शेखर ने लिखा–

'क्या उसने शादी कर ली है?'

'नहीं, अभी तक उसने शादी नहीं की।' मंजू ने लिखा।

शेखर ने लिखा–

'अगर तुम्हें सुनने और बोलने की शक्ति मिल जाए, तो क्या वह तुमसे शादी कर लेगा?'

मंजू ने लिखा–

'मुझे पूरा-पूरा विश्वास है कि अगर मैं ठीक हो जाऊं, तो वह मुझसे शादी कर लेंगे। लेकिन मेरे भाग्य में उनका प्यार नहीं है। वरना मैं गूंगी-बहरी क्यों होती।'

शेखर कुछ न बोला। केवल सहानुभूति भरी नजरों से मंजू को देखता रहा।

रात के लगभग ग्यारह बजे थे। शेखर डॉक्टरी की एक मोटी-सी पुस्तक पढ़ रहा था। अचानक किसी ने दरवाजे पर धीरे से दस्तक दी। शेखर चौंककर उठ बैठा। वह कमरे से निकलकर मुख्य दरवाजे पर पहुंचा। उसने धीरे से पूछा–

'कौन है?'

बाहर से एक भर्राई हुई बूढ़ी आवाज आई।

'दरवाजा खोलिए डॉक्टर साहब।'

शेखर ने दरवाजा खोला। सामने नजर पड़ते ही उसके बदन में बिजली की लहर-सी दौड़ गई। उसके सामने एक बहुत ही बुजुर्ग दुबला-पतला बूढ़ा व्यक्ति खड़ा था। बदन पर कुर्ता और धोती थी। आंखें मुर्दों जैसी बेजान और पीले होंठ।

शेखर ने अपने आपको संभालकर पूछा– 'क्या बात है?'

बूढ़े ने भर्राई हुई आवाज में कहा–

'डॉक्टर साहब! मेरी बेटी की हालत बहुत खराब है।'

'कहां से आए हो?'

'पास ही है मेरा गांव, लगभग एक कोस।'

'लेकिन इतनी रात में?'

बूढ़ा हाथ जोड़कर गिड़गिड़ाया– 'डॉक्टर साहब! मैं बहुत आस से आपके पास आया हूं। न जाने क्यों मेरा मन कहता है कि आप मेरी बेटी को बचा लेंगे।'

'क्या बीमारी है उसे?'

'न जाने क्या बीमारी है। उसका रंग पीला पड़ता जा रहा है। बदन सूखता जा रहा है। खांसी बहुत है।'

'हूं! कफ या थूक में खून तो नहीं आता।'

'अभी तक तो आया नहीं है।'

'पहले किसी का इलाज कराया था?'

'आज से छह माह पहले दिखाया था, लेकिन...।'

'लेकिन क्या?'

'एक महीने से ज्यादा इलाज नहीं चला सका। एक महीने में ही सभी जमा-पूंजी खत्म हो गई, इसलिए इलाज रुक गया।' बूढ़े ने आगे कहा— 'मैं बहुत गरीब हूं डॉक्टर साहब। किसी तरह दो जून का चूल्हा चल पाता है। आपका बड़ा नाम सुना है कि आप दुखियों के साथी हैं। मुफ्त दवा ही नहीं देते, रुपये-पैसे से भी बीमारों की मदद करते हैं। इसलिए मैं आपकी सेवा में चला आया। मैं न तो आपकी फीस देने योग्य हूं, न दवा के दाम। अगर हो सके तो मेरी बेटी को बचा लीजिए डॉक्टर साहब। आपका उपकार जीवन-भर न भूलूंगा।'

कहते-कहते बूढ़ा सिसक पड़ा। शेखर के मन में हमदर्दी उमड़ आई। उसने बड़ी नरमी से कहा—

'चिंता मत करो बाबा। मैं तुम्हारे साथ चलता हूं।'

शेखर डिस्पेंसरी वाले कमरे की ओर जाने लगा, तो ढोंगीलाल अपने कमरे के दरवाजे पर खड़ा भयभीत नजरों से बूढ़े को देख रहा था। शेखर ने ढोंगीलाल से कहा—

'ढोंगीलाल! जरा बैग उठा लाओ। तब तक मैं कपड़े बदल लूं।'

शेखर अपने कमरे में जाकर कपड़े बदलने लगा।

ढोंगीलाल शेखर का बैग ले आया और बैग मेज पर रखकर फुसफुसाकर बोला—

'कहां जा रहे हैं आप इस आदमी के साथ?'

'इसकी बेटी बीमार है।'

'मेरा मन नहीं कहता कि आप इसके साथ जाएं।'

'क्यों?'

'सूरत से भूत दिखाई देता है। हो सकता है सचमुच ही भूत हो। भगवान न करे आपको...।'

शेखर हंस पड़ा— 'भूत-प्रेत जैसी कोई चीज नहीं होती।'

'भूत न सही। हो सकता है किसी दुश्मन की चाल हो।'

'दुश्मन की चाल?'

'इतनी रात में बुलाने की क्या जरूरत थी?'

'ढोंगीलाल! तुम एकदम गधे हो। क्या इतनी रात में किसी की तबीयत खराब नहीं हो सकती?'

'हो सकती है। फिर भी मुझे डर है कि कहीं यह दुश्मन की साजिश न हो।'

'यह भी हो सकता है कि सचमुच ही इसकी लड़की की तबीयत खराब हो। अगर मैं डरकर बैठ गया और लड़की मर गई, तो भगवान को क्या मुंह दिखाऊंगा।'

'लेकिन डॉक्टर साहब!'

'ढोंगीलाल! भगवान ने हमें लोगों की जान बचाने के लिए ही बनाया है। अगर हमारी जान इसी तरह जानी है, तो कोई शक्ति उसे रोक नहीं सकती। हमें हर हालत में अपना कर्त्तव्य पूरा करना है।'

ढोंगीलाल ने बहुत कोशिश की, लेकिन शेखर नहीं रुका। वह बैग उठाकर बाहर आ गया।

'ढोंगीलाल! दरवाजा बंद कर लो।'

शेखर की ओर बूढ़े ने देखा और कहा– 'जीप लेकर मत चलिए डॉक्टर साहब।'

'ठीक है चलो।'

शेखर बूढ़े के साथ फाटक से निकल आया।

जब शेखर बूढ़े के साथ दूर निकल गया, तो ढोंगीलाल ने एक गहरी सांस लेकर दरवाजा बंद कर लिया।

'भगवान! डॉक्टर साहब की रक्षा करना।'

ढोंगीलाल दरवाजा बंद करके अपने कमरे की ओर बढ़ा, तो उसने हॉल में मंजू को खड़ा देखा। मंजू रोशनी के ठीक नीचे खड़ी थी। पीली-पीली रोशनी में वह कुछ अजीब-सी लग रही थी। उसे देखकर ढोंगीलाल अपने कमरे की ओर भागा। साथ ही उसके मुंह से चीख निकली। उसकी चीख सुनकर मंजू भी अपने कमरे की ओर भागी। ढोंगीलाल ने अपने कमरे में घुसकर दरवाजा बंद कर लिया। मंजू ने भी अपने कमरे का दरवाजा बंद कर लिया।

थोड़ी देर बाद ढोंगीलाल ने दरवाजे में से थोड़ी-सी गर्दन निकालकर झांका, तो मंजू भी अपने कमरे के दरवाजे में से गर्दन निकालकर झांक रही थी। ढोंगीलाल को देखते ही मंजू ने फुर्ती से गर्दन ऊपर करके दरवाजा बंद कर लिया।

ढोंगीलाल माथे पर हाथ मारकर बड़बड़ाया–

'धत् तेरे की! मैं तो समझा था कि कोई भूतनी है।'

फिर वह चुपके से बाहर आ गया। दरवाजा बंद किया और दबे पांव शेखर के कमरे की ओर बढ़ने लगा। शेखर के कमरे में घुसकर उसने दरवाजा अंदर से बंद कर लिया। उसने कैश-बॉक्स का ताला हिलाया। फिर शेखर के कोट की जेबें टटोलीं। कैश-बॉक्स का ताला मजबूत था। ढोंगीलाल ने निराशा में गर्दन हिलाई। एक जेब में बटुआ मिल गया। ढोंगीलाल ने बटुआ खोला। उसमें ढेर सारे नोट भरे थे।

ढोंगीलाल ने सौ का एक, पचास रुपये के दो और दस-दस, बीस-बीस रुपये के तीन-चार नोट निकले और बटुआ कोट की जेब में रखकर कोट खूंटी

से लटका दिया।

फिर वह दबे पांव दरवाजे की ओर बढ़ा और दरवाजा बंद करने लगा। फिर उसने मंजू के कमरे की ओर देखा। मंजू के कमरे का दरवाजा बंद था।

जैसे ही ढोंगीलाल दरवाजा बंद करके मुख्य दरवाजे से निकलकर गया, तो मंजू दबे पांव अपने कमरे से निकली और मुख्य दरवाजे पर आ गई। उसने दरवाजे में से झांककर देखा। ढोंगीलाल बरामदे से उतरकर दाईं ओर को मुड़ गया।

मंजू की आंखें आश्चर्य से फैली रह गईं। वह भी चुपके से बाहर निकल आई। ढोंगीलाल एक दीवार के पास पहुंचकर रुक गया। उसने एक क्यारी में से मिट्टी हटाकर एक बड़ा-सा डिब्बा निकाला और उसमें नोट डालकर फिर वहीं गाड़ दिया।

मंजू ये सब देखकर तेजी से अपने कमरे में चली आई। उसकी आंखें आश्चर्य से भरी हुई थीं।

□□
□□

चलते-चलते शेखर की सांस तेजी से चल रही थी। उसके एक हाथ में बैग था, जिसे कभी वह दाएं हाथ में और कभी बाएं हाथ में ले लेता था। उसका बदन पसीने से तर हो गया था, लेकिन अभी तक गांव नहीं आया था।

बूढ़ा ऊबड़-खाबड़ रास्ते पर बड़े आराम से चला जा रहा था। शेखर एक जगह सांस नियंत्रित करने के वास्ते एक पेड़ का सहारा लेकर रुक गया। हांफते हुए बोला– 'ठहरो बाबा!'

बूढ़ा रुक गया तो शेखर ने पूछा–

'और कितनी दूर चलना है बाबा?'

'बस थोड़ी दूर और रह गया है।'

'गांव के लिए कोई सीधा-सपाट रास्ता नहीं है?'

'नहीं, डॉक्टर साहब! इसीलिए तो मैंने गाड़ी के लिए मना किया था।'

थोड़ी देर शेखर सांस ठीक करता रहा। फिर चल पड़ा। बूढ़ा उसके आगे-आगे चल रहा था। शेखर के दिमाग में तरह-तरह के विचार आ-जा रहे थे। वह बूढ़े की ओर देखकर बार-बार सोचने लगता था, कहीं ढोंगीलाल का विचार तो ठीक नहीं? यह बूढ़ा कहीं सचमुच भूत तो नहीं है? लेकिन भूत-प्रेत पर शेखर का विश्वास नहीं था। वह सोचने लगा, कहीं यह सचमुच ही साजिश न हो, क्योंकि बूढ़े ने अपना गांव एक कोस दूर बताया था जबकि वह दो मील से ज्यादा चल चुका है।

तभी बूढ़ा एक मकान के पास पहुंचकर रुक गया। शेखर ने उस मकान की

ओर देखा। वह किसी पुराने किले का खंडहर था, जो ऊंचाई पर था। यह सोचा भी नहीं जा सकता था कि वहां कोई रहता भी होगा।

बूढ़े ने दरवाजे पर दस्तक दी। फिर शेखर की ओर देखकर बोला—

'आइए डॉक्टर साहब! आप रुक क्यों गए? सोच रहे होंगे कि इस खंडहर में भला कौन रह सकता है सिवाय भूत-प्रेतों के। लेकिन घबराइए नहीं, जिन लोगों के रहने का कोई ठिकाना नहीं होता, वे इसी तरह जिंदगी बिताते हैं।'

थोड़ी देर बाद दरवाजा धीरे से खुल गया। शेखर ने एक बुढ़िया को देखा, जिसके हाथ में लालटेन थी। उसने लालटेन ऊपर उठाकर देखा। शेखर के रोंगटे खड़े हो गए। वह बुढ़िया जीवित स्त्री दिखाई नहीं दे रही थी।

उस बुढ़िया ने फटी-फटी आवाज में पूछा—

'कौन है?'

'मैं हूं।' बूढ़े ने उत्तर दिया।

बुढ़िया दरवाजे से हट गई।

बूढ़े ने शेखर की ओर मुड़कर कहा—

'आइए डॉक्टर साहब! घबराइए नहीं।'

शेखर धीरे-धीरे चलता हुआ बूढ़े के साथ अंदर चला गया। उसने अपने पीछे दरवाजा बंद होने की आवाज सुनी। उसके रोंगटे खड़े हो गए, लेकिन उसने पलटकर नहीं देखा। बूढ़ा उसके आगे चल दिया। पूरी इमारत अंधेरे में डूबी हुई थी, इसलिए शेखर कोई अनुमान नहीं लगा पा रहा था।

एक कोठरी के सामने पहुंचकर बूढ़ा रुक गया। कोठरी के अंदर रोशनी हो रही थी। अंदर से किसी के धीरे-धीरे सिसकने की आवाज आ रही थी।

बूढ़े ने शेखर की ओर मुड़कर भारी आवाज में कहा—

'इस कोठरी में है, मेरी बेटी।'

शेखर ने दरवाजे पर हाथ रखा, तो वह खुल गया। शेखर ने अंदर देखा। कोठरी में हल्की-सी रोशनी फैली हुई थी। सामने बिस्तर पर एक औरत चित लेटी हुई थी। उसकी गर्दन से पैरों तक रजाई ढंकी हुई थी। उस औरत के सीने पर सिर झुकाए एक बच्ची सिसकियां भर रही थी। बच्ची की उम्र पांच-छह वर्ष के लगभग थी। बच्ची की पीठ दरवाजे की ओर थी, इसलिए शेखर बच्ची का चेहरा नहीं देख पाया।

अब शेखर का साहस लौट आया था। बच्ची को देखकर उसे विश्वास हो गया था कि वह भूत-प्रेतों में नहीं है, बल्कि जीवित मनुष्यों के बीच है।

शेखर धीरे से अंदर चला गया।

दरवाजे के पास खड़े बूढ़े ने बच्ची को पुकारकर कहा—

'शोमू बेटी रोओ मत। देखो डॉक्टर साहब आ गए हैं।'

बच्ची ने औरत के सीने पर से सिर उठाया और शेखर की ओर देखने लगी। शेखर उस बच्ची के चेहरे की ओर देखने लगा। शोमू शेखर को बड़े आश्चर्य से देख रही थी। फिर उसकी आंखें हर्ष से चमक उठीं। वह खुशी से भरी कांपती आवाज में बोली–

'पिताजी!'

और फिर शेखर की टांगों से वह दौड़कर लिपट गई।

'पिताजी–पिताजी आप आ गए।'

'पिताजी!' शेखर बौखला उठा।

'आप कहां चले गए थे पिताजी?'

दरवाजे पर खड़ा बूढ़ा भौंचक्का–सा शेखर को देख रहा था।

शेखर ने उलझन-भरी नजरों से बेचारे बूढ़े की ओर देखा। फिर बच्ची के सिर पर हाथ फेरकर बोला–

'बेटी, सुनो तो बेटी!'

'पिताजी–पिताजी!' बच्ची बुरी तरह मचल उठीं।

शेखर ने पलटकर बूढ़े की ओर देखा–

'बाबा! इस बच्ची को जरूर कोई गलतफहमी हो गई है।'

बूढ़ा आगे बढ़कर बोला–

'शोमू! यह तेरे पिताजी नहीं डॉक्टर साहब हैं।'

'नहीं नानाजी! यह मेरे पिताजी हैं।'

बूढ़ा बहुत ध्यान से शेखर को देखने लगा।

शेखर बड़ी बेबसी से बोला–

'बाबा! इस बच्ची को संभालो, मैं मरीज को देखूं।'

बूढ़े ने शोमू को जबर्दस्ती गोदी में उठा लिया, लेकिन शोमू उसी तरह मचलती रही।

'पिताजी–पिताजी!'

बूढ़ा बच्ची को लेकर बाहर चला गया। शोमू की आवाज धीरे-धीरे दूर चली गई।

शेखर ठंडी सांस लेकर मरीज की ओर मुड़ा। वह बिस्तर पर चित लेटी हुई थी। उसकी सांस धीरे-धीरे चल रही थी। उसके चेहरे पर पीलापन छाया हुआ था। आंखों के बीच गहरे स्याह गड्ढे थे। गालों की हड्डियां उभरी हुई थीं। उसके चेहरे की मासूमियत को देखकर शेखर के हृदय में सहानुभूति उमड़ आई।

शेखर ने बैग पलंग के पास रख दिया। पलंग के एक ओर बढ़कर वह मरीज का हाथ निकालकर उसकी नब्ज देखने लगा। नब्ज बहुत धीमी-धीमी चल रही थी। शेखर ने उसकी आंखें देखीं। फिर बैग में से स्टेथस्कोप निकालकर मरीज

को चैक करने लगा।

थोड़ी देर बाद उसने महसूस किया कि कोई उसके पास ही आकर खड़ा हो गया है। शेखर ने स्टेथस्कोप कानों से निकाल लिया और मुड़कर देखा। बूढ़ा चुपचाप खड़ा शेखर को देख रहा था।

शेखर ने बूढ़े से पूछा– 'बाबा! यह कब से बेहोश है?'

'लगभग दो घंटे से।'

'क्या इन्हें खांसी का दौरा पड़ा था?'

'हां, खांसते-खांसते बेदम हो गई थी, फिर बेहोश हो गई।'

'शोमू इनकी बच्ची है?'

'हां।'

'आपकी बेटी का नाम क्या है?'

'नलिनी।'

'क्या इनके दिल पर कभी कोई सदमा पहुंचा था?'

'हां।'

'शायद इसलिए इन्हें टी.बी. हो गई है।'

'मैं भी यही समझ रहा था।'

'लेकिन बीमारी सीरियस स्टेज में नहीं है, अभी इलाज हो सकता है।'

'इसलिए तो आपको बुलाकर लाया हूं।'

शेखर ने बैग से सिरिंज निकाली और उसमें दवा भरता हुआ बोला–

'इंजेक्शन दिए देता हूं। थोड़ी देर में इन्हें होश आ जाएगा। लेकिन बाबा! इनका इलाज ढंग से बराबर होना चाहिए। अगर इलाज न हुआ; तो इनका बचना मुश्किल हो जाएगा, क्योंकि इनके बदन में खून तो रहा ही नहीं है।'

'जी।'

'तुम रोजाना मेरी डिस्पेंसरी से दवा ले आया करना। ताकत के लिए कैप्सूल वगैरह भी दे दूंगा। इसके लिए साथ ही तुम्हें अच्छी और ताकतवर खुराक भी देनी होगी।'

'जी।'

'शोमू को इनसे ज्यादातर दूर ही रखा करो। कहीं मां का रोग बच्ची को न लग जाए।' शेखर ने कहा और नलिनी की बांह में इंजेक्शन लगा दिया।

बूढ़े ने कहा–

'लेकिन बेटी को मां से दूर कैसे रखा जा सकता है?'

'कैसे भी करो बाबा। यह बहुत जरूरी है।'

'मैं कोशिश करूंगा।'

नलिनी की नब्ज हाथ में लेकर शेखर कलाई पर बंधी घड़ी देखता रहा।

फिर बोला—

'कुछ सेकेंड में इन्हें होश आ जाएगा।'

'जी।'

'बाबा! तुम इन्हें किसी साफ जगह में नहीं रख सकते?'

'हम लोगों के पास इससे साफ जगह और कहां से आएगी?'

तभी नलिनी के होंठों से हल्की-सी कराह निकली।

शेखर ने जल्दी से कहा—

'अब इन्हें होश आ रहा है।'

बूढ़ा चुपचाप खड़ा नलिनी के चेहरे को बड़े ध्यान से देखने लगा। थोड़ी देर बाद नलिनी ने आंखें खोल दीं। उसकी नजर शेखर पर पड़ी। वह बड़े ध्यान से शेखर को देखने लगी। धीरे-धीरे उसकी आंखों में प्रसन्नता की चमक उभरने लगी।

शेखर ने उसका हाथ उसके सीने पर रखते हुए बड़ी नरमी से पूछा—

'अब कैसी तबीयत है?'

नलिनी के होंठों से खुशी से कांपती हुई आवाज निकली—

'नाथ!'

शेखर हड़बड़ाकर उठ खड़ा हुआ।

'नाथ! मेरे स्वामी!'

नलिनी के दोनों हाथ फैल गए और होंठ कांप उठे। आंखें छलक उठीं।

शेखर ने घबराकर बूढ़े की ओर देखा और फिर नलिनी की ओर देखकर जल्दी से बोला—

'देवी जी! आपको गलतफहमी हुई है।'

'नाथ—मेरे परमेश्वर!'

नलिनी ने एक सहिष्णुता के साथ सिसकी ली। फिर उसके दोनों हाथ गिर गए। उसकी गर्दन एक ओर लुढ़क गई। शेखर सन्नाटे में खड़ा रह गया। बूढ़ा झपटकर नलिनी के पास बैठ गया और जल्दी-जल्दी उसके सिर पर हाथ फेरकर पुकारने लगा—

'नलिनी—मेरी बच्ची!'

शेखर के आश्चर्य की सीमा न रही। उसने झुककर नलिनी की नब्ज देखी और ठंडी सांस लेकर बोला—

'बेहोश हो गई फिर।'

बूढ़े की आंखें भीग गईं। वह शेखर को घूरते हुए खड़ा हो गया। बूढ़े की नजरें देखकर शेखर बौखला उठा। उसने जल्दी से अपना बैग उठाया और बूढ़े की ओर देखकर बोला—

'अच्छा बाबा! अब मैं चलता हूं। कल सुबह आकर इनके लिए दवा ले जाना।'

शेखर कोठरी से बाहर निकला, तो बूढ़ा भी उसके पीछे-पीछे बाहर आ गया।

शेखर अभी कुछ कदम ही आगे बढ़ा था कि पीछे से बूढ़े की सांप जैसी फुंकार सुनाई दी।

'ठहर जाओ डॉक्टर।'

'बाबा!'

'अंदर चलो।' बूढ़े ने कुल्हाड़ी तोलते हुए कहा— 'वरना एक ही वार में टुकड़े-टुकड़े कर दूंगा।'

शेखर का बदन कांप उठा। वह चुपचाप उस कोठरी में चला गया, जिसकी ओर बूढ़े ने इशारा किया था। कोठरी खाली थी। एक ओर एक बिस्तर बिछा हुआ था और दूसरी ओर केरोसिन लैंप जल रहा था।

बूढ़े ने गुर्राकर कहा— 'बैग यहीं रख दो।'

'बाबा! तुम्हें मेरे बारे में जरूर कोई गलतफहमी हुई है।' शेखर ने सहमी हुई आवाज में कहा।

बूढ़ा दांत पीसकर बोला—

'जरूर हुई है। मुझे ही नहीं मासूम शोमू को भी, जिसने तुम्हें पिताजी कहकर पुकारा है। उस बेहोश नलिनी को भी हुई है, जिसने तुम्हें नाथ कहकर पुकारा था।'

'बाबा! मैं सच कहता हूं कि मैं न तो शोमू को जानता हूं और न नलिनी को।'

'डॉक्टर! तुम मुझे धोखा दे सकते हो। नलिनी को भी धोखा दे सकते हो, लेकिन मासूम शोमू को धोखा नहीं दे सकते। मासूम बच्ची का खून अपने पिताजी को पहचानकर ही पुकारता है।'

'पिता!'

'हां, तुम्हीं शोमू के पिता और नलिनी के पति हो, जो नलिनी को धोखा देकर चले गए थे।'

'विश्वास करो बाबा! वह मैं नहीं हूं।'

'बको मत।' बूढ़ा गुर्राया— 'मैं भी पहले यही समझ रहा था कि मुझे गलतफहमी हुई है। तुम्हारी सूरत देखकर मुझे लगा कि तुम वही हो। फिर भी यह सोचकर चुप हो गया था कि अगर तुम ही नलिनी के पति होते, तो उस गांव में दोबारा आने की हिम्मत न करते। लेकिन आज मैं तुम्हें इसलिए लेकर आया कि अपने संदेह को अच्छी तरह जांच कर लूं कि मेरा संदेह सच है या

झूठ है।'

'बाबा! मैं तुम्हें कैसे विश्वास दिलाऊं कि मैं नलिनी का पति नहीं हूं।' शेखर ने बड़ी बेबसी से कहा।

'अब तुम्हें विश्वास दिलाने की कोई जरूरत नहीं।' बूढ़ा गुर्राया– 'अब तुम तब तक यहीं रहोगे, जब तक इस बात का फैसला नलिनी का भाई नहीं कर जाएगा।'

'लेकिन बाबा!'

'बको मत, अगर तुम शोमू के पिता न होते तो अब तक मैं तुम्हारे टुकड़े-टुकड़े कर डालता। अब इसका फैसला होकर ही रहेगा।'

'नलिनी का भाई?'

बूढ़े ने कोई उत्तर नहीं दिया। उसने कोठरी से निकलकर बाहर से दरवाजा बंद कर दिया।

शेखर दरवाजा पीटकर बोला–

'बाबा! मेरी बात तो सुनो।'

लेकिन बूढ़े के कदमों की आवाज कम होती गई। शेखर को ढोंगीलाल की बात याद आई। अगर वह उसकी बात मान लेता, तो इस मुसीबत में न फंसता। वह समझ नहीं पा रहा था कि यह गोरखधंधा क्या है। कहीं ये लोग पागल तो नहीं हैं।

लेकिन पागल होते तो शोमू उसे पिता क्यों कहती? नलिनी ने भी तो उसे अपना पति कहा था। कहीं ऐसा तो नहीं कि नलिनी के पति के चेहरे से मेरा चेहरा मिलता हो, लेकिन दो चेहरों में इतनी गहरी समानता कैसे हो सकती है कि उसकी पत्नी और बेटी भी धोखा खा जाए।

वह प्रार्थना के स्वर में बोला– 'हे भगवान! मुझे इस झंझट से मुक्ति दिलाओ।'

तभी दरवाजे के बाहर कदमों की आहटें सुनाई दीं। शेखर ने जोर से पुकारा– 'बाबा, दरवाजा खोलो बाबा!'

आहटें दरवाजे के पास आकर रुक गईं। फिर शोमू की आवाज शेखर के कानों से टकराई– 'पिताजी-पिताजी!'

शेखर का दिल अनायास उस आवाज की ओर खिंचता चला गया। वह सोचने लगा; शोमू के साथ अगर उसका कोई रक्त-संबंध नहीं है, तो उसका दिल शोमू की ओर क्यों खिंचता जा रहा है।

शोमू ने दरवाजा पीटकर कहा–

'पिताजी-पिताजी!'

'शोमू बेटी!' शेखर ने बड़ी मुश्किल से कहा।

'तुम्हें यहां किसने बंद किया पिताजी?'

'तुम्हारे नानाजी ने।'

'क्यों?'

'वह गुस्से में हैं, मुझे मार डालना चाहते हैं।'

'ठहरो पिताजी! मैं दरवाजा खोलती हूं।'

फिर कुछ देर बाद शोमू की आवाज आई—

'पिताजी! जंजीर बहुत ऊंची है, मेरा हाथ नहीं पहुंच रहा।'

'किसी चीज पर चढ़कर खोल दो बेटी।'

'अच्छी बात है पिताजी।'

शोमू ने कहा और एक ओर दौड़ती हुई गई। थोड़ी देर बाद वह कोई चीज घसीटती हुई लाई और फुसफुसाकर बोली– 'मैं दरवाजा खोल रही हूं पिताजी।'

शेखर का दिल धड़क उठा।

थोड़ी देर में दरवाजा खुल गया। शेखर दरवाजे के पास ही खड़ा था। उसने देखा, शोमू स्टूल पर से लड़खड़ाकर गिर ही रही थी कि उसने जल्दी से शोमू को लपक लिया। थर-थर कांपती हुई शोमू उसके सीने से लिपट गई।

शेखर ने शोमू को सीने से लिपटा लिया, तो अनायास ही उसकी आंखें भर आईं। जी चाहा कि इस मासूम बच्ची को सीने से लगाए रहे।

शोमू शेखर के सीने से जोर से लिपटकर बोली—

'पिताजी!'

'मेरी बच्ची!'

'अब तो आप मुझे छोड़कर नहीं जाएंगे पिताजी?'

'बेटी! हम नहीं जाएंगे, तो तुम्हारे नानाजी हमें कुल्हाड़ी से मार डालेंगे।'

शोमू और जोर से शेखर से लिपट गई।

'बेटी! अभी तो हमें जाने दो।'

'फिर कब आओगे पिताजी?'

'बहुत जल्दी आएंगे बेटी।'

'सच कह रहे हो पिताजी?'

'बिलकुल सच बेटी।'

'तुम्हारी वजह से मां भी बीमार हो गई है पिताजी। वह हर घड़ी तुम्हें याद करती रहती है। तुम नहीं आओगे तो वह कभी अच्छी न होगी।'

'नहीं बेटी! हम जरूर आएंगे।'

शेखर धीरे से शोमू को गोद से उतारकर बोला—

'अब मैं चलता हूं बेटी। तुम्हारे नानाजी आ गए तो हमें मार डालेंगे।'

'तुम जाओ पिताजी। जल्दी से चले जाओ।'

शेखर ने जल्दी से अपना बैग उठाया और बाहर निकल आया। लेकिन वह यह भूल गया कि दरवाजा किधर है। उसने शोमू से पूछा– 'बेटी! दरवाजा किधर है?'

'उधर है पिताजी। आओ मैं ले चलती हूं तुम्हें।'

शोमू शेखर की उंगली पकड़कर दरवाजे की ओर बढ़ने लगी।

वे दोनों दरवाजे के पास पहुंचे ही थे कि कदमों की आहट सुनाई दी। शेखर ने भयभीत स्वर में कहा–

'शोमू! लगता है, तुम्हारे नानाजी आ गए।'

शोमू शेखर की टांगों से लिपटकर रोने लगी–तभी टॉर्च की जगमगाती तेज रोशनी शेखर के चेहरे पर पड़ी। साथ ही बूढ़े की आवाज सुनाई दी– 'यही है वह कमीना।'

फिर शेखर के कानों से एक दूसरी आवाज टकराई।

'अरे! यह तो शेखर है–डॉक्टर शेखर।'

शेखर के हाथ से बैग छूटते-छूटते बचा। वह आवाज उसने पहचान ली थी। वह जसपाल की आवाज थी।

बूढ़े ने कहा– 'हां बेटे! मैंने इसकी सूरत देखते ही पहचान लिया था, लेकिन इस उधेड़बुन में रहा कि यह डॉक्टर कैसे बन गया। जब मुझसे बर्दाश्त न हुआ, तो आज इसे यहां ले आया। देखते ही शोमू इसे पिताजी-पिताजी पुकार उठी। हालांकि उसने अभी तक इसका फोटो ही देखा था। क्या यह खून की पुकार नहीं? और फिर जैसे ही नलिनी होश में आई, उसने भी इसे अपने पति की हैसियत से ही पुकारा। क्या एक पत्नी भी अपने पति के संबंध में धोखा खा सकती है?'

फिर जसपाल की आवाज आई–

'मामा–रोशनी करो।'

थोड़ी देर बाद दालान में रोशनी फैल गई। शेखर ने देखा, बूढ़े के साथ जसपाल खड़ा था, जो घृणा से शेखर को घूर रहा था। शोमू चुपचाप शेखर की टांगों से लिपटी कांप रही थी।

जसपाल ने शोमू से कहा–

'शोमू बेटी! अपने नानाजी के पास जाओ।'

'नहीं मामाजी! मैं नहीं जाऊंगी। नानाजी और तुम मेरे पिताजी को मार डालोगे।'

जसपाल ने आगे बढ़कर शोमू के सिर पर प्यार से हाथ फेरते हुए कहा–

'नहीं बेटी! हम तुम्हारे पिताजी को मारेंगे नहीं।'

'सच कह रहे हो मामा? मेरे पिताजी को मारोगे तो नहीं?' शोमू ने कांपती

आवाज में पूछा।

'नहीं बेटी! नहीं मारेंगे।'

'नानाजी भी नहीं मारेंगे?'

'नहीं बेटी! नहीं मारेंगे।'

'मेरे पिताजी कहीं जाएंगे तो नहीं।'

'नहीं बेटी! अब तुम्हारे पिताजी कहीं नहीं जाएंगे।'

शोमू ने शेखर की ओर देखकर कहा– 'पिताजी! तुम्हें मामाजी और नानाजी नहीं मारेंगे, लेकिन तुम मुझे छोड़कर जाओगे तो नहीं?'

शेखर के होंठ कांपे और फिर वह साहस करके बोला–

'नहीं बेटी! हम तुम्हें छोड़कर कहीं नहीं जाएंगे।'

शोमू धीरे-धीरे अंधेरे में गुम हो गई।

शेखर ने जसपाल की ओर देखा। वह खूंखार नजरों से शेखर को देख रहा था।

जसपाल ने सांप की तरह फुंकारकर कहा– 'मेरे साथ आओ?'

शेखर समझ नहीं पा रहा था कि क्या करे। जसपाल अगर हाथापाई पर उतर आए; तो वह आसानी से उसका सामना कर सकता था, लेकिन यहां तो हालात ही दूसरे थे। जसपाल के तेवर बहुत ही खतरनाक थे। फिर भी शेखर को लग रहा था कि वह उसे कोई शारीरिक हानि नहीं पहुंचाएगा। हां, शोमू और नलिनी उसके लिए उलझन बन गई थीं। शायद उनको कोई बहुत बड़ी गलतफहमी हो गई है। चूंकि जसपाल उसका दुश्मन है, वह उसके किसी आरोप से अपने आपको बचा सकेगा या नहीं।

जसपाल और शेखर एक बड़े कमरे में आ गए। कमरे में एक बड़ा-सा लैंप जल रहा था। जसपाल ने दरवाजा अंदर से बंद कर लिया। शेखर अब परिस्थितियों का सामना करने के लिए स्वयं को तैयार कर चुका था।

अचानक जसपाल के हाथ में एक नोकीला और चमकदार खंजर दिखाई दिया। शेखर के हाथ से बैग गिर गया। वह स्वयं को जसपाल के आक्रमण से बचाने के लिए तैयार करने लगा। लेकिन जसपाल ने उस पर हमला नहीं किया। खंजर की ओर इशारा करके गुर्राया–

'यह खंजर देख रहे हो शेखर। एक शब्द भी झूठ बोले तो इस खंजर से तुम्हारे टुकड़े-टुकड़े कर दूंगा और इलाके में तुम्हारी लाश का पता भी न चलेगा।'

शेखर ने ठंडी सांस लेकर बड़े इत्मीनान से कहा–

'मेरी समझ में अभी तक यह गोरखधंधा नहीं आया।'

'गोरखधंधा!' जसपाल ने जहरीली मुस्कराहट के साथ कहा–

'क्या शोमू और नलिनी को देखकर भी तुम्हारी समझ में कुछ नहीं आया?'

'मुझे लगता है, तुम लोगों को कोई गलतफहमी हुई है।'

'गलतफहमी!' जसपाल गुर्राया— 'क्या एक पत्नी अपने पति के बारे में धोखा खा सकती है? क्या एक बच्ची अपने पिता को पहचानने में गलती कर सकती है?'

'नहीं भई! मेरी समझ में कुछ नहीं आता। विश्वास करो जसपाल। इससे पहले मैंने नलिनी और शोमू को कभी देखा तक नहीं।'

जसपाल ने बूढ़े से पूछा—

'मामाजी! इसका असली नाम क्या है?'

'हरीश!'

'हरीश!' शेखर ने आश्चर्य से कहा।

'हां हरीश!' जसपाल गुर्राया— 'जिसने आज से छह साल पहले मेरी बहन नलिनी के साथ प्यार का नाटक रचा था। उसका सब कुछ छीन लिया और जब वह गर्भवती हो गई तो उसे छोड़कर भाग गया।'

शेखर की आंखें आश्चर्य से फैली रह गईं। उसने कहा— 'छह वर्ष पहले? क्या तुम्हें पता नहीं कि बचपन से ही मेरा पालन-पोषण श्रीकांत जी ने किया है। अगर वह वास्तविकता न बताते, तो मैं उन्हीं को अपना मां-बाप समझता रहता।'

'तुम झूठ बोलते हो।'

'मैं झूठ बोल सकता हूं, लेकिन कृष्णा के मां-बाप झूठ नहीं बोल सकते। तुम चाहो तो जाकर उनसे पूछ सकते हो।'

'तो फिर हीरापुर से तुम्हारा क्या संबंध है? तुमने अपनी प्रैक्टिस के लिए हीरापुर को ही क्यों चुना?'

'हीरापुर से मेरा एक भावनात्मक संबंध है।' शेखर ने भावुकतापूर्ण स्वर में कहा— 'इस गांव में मेरे माता-पिता रहते थे। मेरी मां की इसी गांव में बिना दवा-दारू के मृत्यु हो गई थी। उनके सदमे में पिताजी का भी देहांत हो गया था। पिताजी ने मरते समय श्रीकांत जी से वचन लिया था कि वह मुझे डॉक्टर बनाएंगे ताकि मैं लोगों को दवा-दारू के अभाव में मरने से बचा सकूं। मैंने इसलिए हीरापुर को अपनी प्रैक्टिस के लिए चुना।'

'अगर ये बातें सच हैं, तो मेरे पिता क्यों नहीं जानते? वह तुम्हें श्रीकांत का होने वाला दामाद ही क्यों समझते हैं?' जसपाल ने पूछा।

'मुझे पता नहीं। संभव है बाबूजी ने मुखिया जी को कुछ भी न बताया हो। या कुछ बताने की नौबत न आई हो।'

'तुम्हारे पिता का क्या नाम था?'

'रामस्वरूप!'

'रामस्वरूप!' अचानक बूढ़ा उछल पड़ा– 'यह एकदम झूठ बोल रहा है।'

'क्या मतलब?'

'रामस्वरूप को तो पूरा गांव अच्छी तरह जानता है। वह हीरापुर के जमींदार के बेटे थे। शहर में रहकर उन्होंने शिक्षा प्राप्त की थी। इसके बाद गांव लौटकर अपने पिता के फार्म की देखभाल करने लगे थे। तभी अपने मामूली नौकर की बेटी निरूपा से प्रेम करने लगे। सारे परिवार के विरोध करने पर भी उन्होंने निरूपा से शादी की। इस पर नाराज होकर उनके पिता ने उन्हें घर से निकाल दिया। वह एक अलग मकान लेकर अपनी पत्नी निरूपा के साथ रहने लगे थे और जब निरूपा को बच्चा होने वाला था, तो किसी ने रामस्वरूप के मन में यह गलतफहमी पैदा कर दी कि उनकी पत्नी निरूपा का किसी आदमी से अवैध संबंध है। जिस रात निरूपा की हालत खराब हुई और रामस्वरूप दाई को बुलाने गए तो लौटने पर उन्होंने उसी आदमी को अपने घर से निकलते देखा। रामस्वरूप के दिल को इतना धक्का पहुंचा कि वह दरवाजे से ही लौट गए थे।'

'यानी वह बच्चे को लेकर नहीं गए थे?' जसपाल ने पूछा।

'नहीं।'

'लेकिन ये सारी बातें आपको इतने विस्तार से कैसे मालूम हुईं।' शेखर ने बूढ़े को ध्यान से देखते हुए कहा।

'उसी दाई से, जिसे रामस्वरूप बुलाकर लाए थे। जब रामस्वरूप दरवाजे से लौट गए, तो उसी दाई ने अंदर जाकर उनकी पत्नी को संभाला था।'

'यानी तब तक रामस्वरूप की पत्नी जीवित थीं?' शेखर ने पूछा।

'हां, और बच्चा उन्हीं के पास था।'

'फिर?' शेखर ने बेचैनी से पूछा।

'फिर रामस्वरूप के जमींदार पिता ने निरूपा और उसके बच्चे को गांव से निकाल दिया था। निरूपा उसी दाई के साथ उसके गांव मक्खनपुर चली गई। वहां कुछ दिन जिंदा रही, फिर पति के सदमे से उसकी मृत्यु हो गई। दाई फूलमणि को उसके बच्चे का पालन-पोषण करना पड़ा। उसने उसे पढ़ाया-लिखाया। वह अपने को इसी दाई फूलमणि का ही बेटा समझता था। उसका नाम था हरीश।'

'हरीश?'

'हां, और तुम्हीं वह हरीश हो।' बूढ़ा गुर्राया– 'तुम्हारी एक बार गांव से बाहर नलिनी से भेंट हुई थी। तुमने किसी दुर्घटना में नलिनी की जान बचाई थी, इसलिए नलिनी तुम्हें प्यार करने लगी थी। तुमने नलिनी को मंदिर में ले जाकर उसके साथ शादी की थी। तुम उसकी जवानी से खेलते रहे और जब तुम्हें पता

चला कि नलिनी मां बनने वाली है, तुम उसे छोड़कर भाग गए। तभी तुम्हें यह भी पता चला कि तुम फूलमणि के नहीं रामस्वरूप के बेटे हो। रामस्वरूप शहर में अपने मित्र श्रीकांत के पास अपना धन जमाकर गए थे। उसी धन को पाने के लिए और श्रीकांत की लड़की को पाने के लिए तुम हरीश से शेखर बन गए। तुमने यह नहीं सोचा कि तुम्हारे विरह में नलिनी का क्या हाल होगा? बिना बाप के बच्चे की मां होने के कारण समाज उसका जीवन व्यतीत करना दूभर कर देगा।'

बूढ़े ने सिसकी ली और फिर आंसू पोंछते हुए बोला—

'आज पूरे छह वर्ष बीत गए। जब नलिनी मां बनने वाली थी तो हीरापुर के मुखिया यानी नलिनी के पिता को यह बात मालूम हो गई। उन्होंने नलिनी को घर से निकाल दिया। मैं नलिनी का मामा हूं। मैंने उसे आत्महत्या करने से बचा लिया और मुखिया जी से छिपाकर नलिनी को अज्ञातरूप से मैंने और मेरी पत्नी ने छुपाकर रखा। उसे आत्महत्या नहीं करने दी। तुम्हारे गम में नलिनी को टी. बी. हो गई। वह मौत के इंतजार में एक-एक घड़ी गिन रही थी कि शायद भगवान तुम्हें भेज दें। और आज तुम नलिनी को पहचानने से इसलिए इंकार कर रहे हो कि श्रीकांत की बेटी और उनकी संपत्ति को तुम हथियाना चाहते हो। इस लालच में आज तुम अपनी बेटी तक को पहचानने से इंकार कर रहे हो?'

शेखर सन्नाटे में खड़ा रहा। फिर अपने होंठों पर जीभ फेरकर बोला—

'मैं समझ नहीं पा रहा कि आप लोगों को कैसे विश्वास दिलाऊं कि मैं हरीश नहीं हूं, शेखर हूं।'

जसपाल ने शेखर को खूंखार नजरों से देखते हुए कहा—

'शेखर! इस बार नए रहस्य को जानने के बाद मैं उस दुश्मनी को भूल गया हूं, जो कृष्णा के कारण हम दोनों में पैदा हुई थी। मेरी बहन नलिनी की सर्वनाश संबंधी जिम्मेदारी तुम पर है। मेरी मासूम भांजी अपने पिता के लिए किस तरह तड़प रही है। अगर पिताजी को यह पता चल जाए कि नलिनी जिंदा है, तो वह उसे गोली मार देंगे। ऐसी हालत में मैं तुम्हारी सफाई को भी जरूर सुनूंगा, लेकिन इतना याद रखो कि अगर तुम हरीश निकले तो तुम्हें इस बुरी तरह तड़पाकर मारूंगा कि तुम और तुम्हारी आत्मा भी प्रतिशोध को नहीं भूलेगी।'

फिर जसपाल ने बूढ़े से कहा—

'मामाजी! एक और घोड़ा ले आओ। मैं इसे मक्खनपुर ले जाऊंगा।'

बूढ़ा घोड़ा लेने चला गया।

❑❑

❑❑

शेखर और जसपाल के घोड़े मक्खनपुर पहुंचे तो जसपाल ने एक पक्के

मकान के सामने पहुंचकर घोड़ा रोक दिया। शेखर का घोड़ा भी रुक गया। दोनों घोड़ों पर से उतरे। जसपाल ने दरवाजा जोर से खटखटाया। थोड़ी देर बाद एक भर्राई हुई आवाज आई—

'कौन है?'

'माधो चाचा! मैं हूं जसपाल।'

दरवाजा खुल गया।

एक बूढ़े ने आंखें मलकर आश्चर्य से जसपाल को देखते हुए पूछा— 'जसपाल बेटे! तुम इतनी रात गए?'

'हां माधो चाचा! एक जरूरी काम आ पड़ा। तुम फूलमणि के बेटे हरीश को जानते हो?'

'हरीश!' माधो चाचा ने आश्चर्य से कहा— 'वह गांव के स्कूल में पहली क्लास से छठी क्लास तक पढ़ा था। कॉलेज में भी हमेशा फर्स्ट आता था। उसने गुरु के नाते मेरा नाम रोशन किया था। इतना योग्य और भला लड़का तो मैंने देखा ही नहीं। बेचारा ना जाने किस दुर्घटना का शिकार हुआ कि उसकी लाश तक नहीं मिली।'

'माधो चाचा! अगर हरीश जिंदा हो तो तुम उसे पहचान लोगे?'

'क्या कह रहे हो तुम?' माधो ने आश्चर्य से कहा।

जसपाल ने शेखर को आगे करके कहा—

'पहचानो इसे, क्या यह हरीश है?'

माधो ने आंखें मलकर शेखर को देखा तो वह बुरी तरह से उछल पड़ा। फिर शेखर को सीने से लगाकर भर्राए स्वर में बोला—

'हरीश—मेरे बच्चे! मैं भगवान का शुक्रगुजार हूं कि तुम जिंदा हो।' फिर उसने आंसू पोंछकर कहा— 'लेकिन तुम गायब क्यों हो गए थे?'

'यह मैं तुम्हें सुबह बताऊंगा चाचा। अभी जल्दी में हूं।' जसपाल ने कहा और घोड़े पर सवार हो गया।

शेखर भी घोड़े पर सवार हो गया। उसका दिमाग झनझना रहा था। आंखें आश्चर्य से फटी जा रही थीं।

□□
□□

कुछ देर बाद थोड़ी दूर चलने पर जसपाल ने घोड़ा रोका और घोड़े से उतरकर एक मकान के दरवाजे की कुंडी बजाने लगा।

थोड़ी देर बाद एक नौजवान ने आंखें मलते हुए दरवाजा खोला और जसपाल को देखकर आश्चर्य से बोला—

'जसपाल! तुम इतनी रात में?'

'हां, तुम्हें खुशखबरी सुनाने आया हूं।'

'कैसी खुशखबरी?'

'तुम्हें याद है फूलमणि चाची के बेटे हरीश की किसी दुर्घटना में मृत्यु हो गई थी।'

'हां-हां, याद है।'

'यह देखो–वह जिंदा है।'

जसपाल ने शेखर की बांह पकड़कर आगे कर दिया।

नौजवान की आंखें फटी-की-फटी रह गईं। फिर वह हाथ फैलाकर आगे बढ़ा–

'हरीश–मेरे यार!'

वह शेखर से लिपट गया।

शेखर भौंचक्का-सा रह गया।

❑❑
❑❑

एक साफ-सुथरे मकान के सामने पहुंचकर घोड़े रुक गए। दोनों घोड़ों से उतर गए। जसपाल ने मकान का दरवाजा खटखटाया। थोड़ी देर बाद अंदर से एक बुढ़िया की आवाज आई–

'कौन है?'

'चाची! मैं हूं जसपाल।'

'खोलती हूं बेटा।'

एक बुढ़िया ने दरवाजा खोला, जिसके एक हाथ में लालटेन थी। उसने लालटेन ऊपर उठाकर जसपाल को देखा और बोली–

'इतनी रात में कैसे आया बेटे?'

'चाची! आज्ञा हो तो अंदर आ जाऊं?'

'हां-हां, बेटे! आओ-आओ।'

बुढ़िया लालटेन लेकर अंदर की ओर चल पड़ी। जसपाल और शेखर भी उसके पीछे चल दिए। जसपाल ने अंदर पहुंचकर एक खम्बे की आड़ में शेखर को खड़ा कर दिया और स्वयं दालान में चला गया। बुढ़िया ने लालटेन लटकाई और जसपाल से बोली–

'अब बताओ बेटे, क्या काम है?'

'चाची! मैं तुम्हारे पुराने घाव कुरेदने आया हूं।'

'पुराने घाव कुरेदने?'

'हां चाची! हरीश के बारे में बात करनी है।'

'हरीश!'

बुढ़िया का पूरा बदन कांप उठा। उसने कांपते हुए स्वर में कहा–

'हरीश जब दुधमुंहा था, तब से मैंने उसे पाला था। अपने कलेजे से लगाकर रखा था उसे–उसके लिए रात को रात और दिन को दिन नहीं समझा था, लेकिन भगवान की न जाने क्या इच्छा थी...।' कहते-कहते फूलमणि की आंखें भीग गईं।

जसपाल ने कहा–

'चाची! कहीं ऐसा तो नहीं कि जब हरीश को यह पता चला हो कि तुम उसकी मां नहीं हो, तो वह तुम्हें छोड़कर चला गया हो।'

'नहीं बेटा! मेरा हरीश ऐसा नहीं हो सकता। यह ठीक है कि मैंने उसे अपनी कोख से जन्म नहीं दिया था, लेकिन उसे अपने कलेजे से लगाकर तो पाला था। जिस दिन उसे पता चला कि मैं उसकी मां नहीं हूं, तो वह मेरे सीने से लिपटकर घंटों रोता रहा था और यही कहता रहा कि मेरी मां तो तुम्हीं हो।'

कहते-कहते फूलमणि की आवाज रुंध गई।

जसपाल ने कहा– 'यह भी तो हो सकता है कि वह नलिनी की वजह से भाग गया हो?'

'नहीं, यह असंभव है। वह नलिनी से बहुत प्यार करता था। मुझसे कहता रहता था, मां देखना एक दिन धूमधाम के साथ नलिनी को ब्याहकर लाऊंगा। अगर वह जिंदा होता तो नलिनी आज मेरे घर की बहू होती। इस घर में उजाला-ही-उजाला होता।' फूलमणि रो पड़ी।

जसपाल ने कहा– 'चाची! अगर हरीश जिंदा हो तो?'

'जिंदा!' फूलमणि उछल पड़ी। फिर दुःखी होकर बोली– 'मुझ दुखियारी से क्यों मजाक करते हो बेटा?'

'चाची! यह सच है कि हरीश जिंदा है। तुम्हें इसलिए छोड़ा कि तुम उसकी असली मां नहीं थीं और नलिनी को इसलिए छोड़ा कि उसकी शादी एक करोड़पति की बेटी से होने वाली है।'

फूलमणि कांपते हुए स्वर में बोली– 'कहां है मेरा हरीश?'

जसपाल ने हाथ पकड़कर शेखर को रोशनी में कर दिया और बोला–

'लो पहचानो अपने हरीश को।'

फूलमणि आंखें फाड़े पल-भर शेखर को देखती रही, फिर कांपते स्वर में बोली– 'हरीश! तू-तू जिंदा है।'

दूसरे ही पल उसने शेखर को अपने से लिपटा लिया और उसे पागलों की तरह प्यार करने लगी। वह रोती जा रही थी और कहती जा रही थी–

'मेरे चांद! तू जिंदा है। हे भगवान! तेरा लाख-लाख शुक्र है। बेटा! अगर तुझे मेरे पास नहीं रहना था, तो मुझे अपने मरने का विश्वास तो न दिलाता। तुझे क्या मालूम कि तेरे मरने की खबर सुनकर मेरे सीने में एक छेद हो गया है। हे

भगवान! तुम बड़े दयालु हो। तुमने मेरे बेटे को नया जन्म दे दिया।'

फूलमणि रो रही थी। शेखर को प्यार कर रही थी। शेखर भौंचक्का-सा खड़ा था। ऐसा लग रहा था, जैसे वह पत्थर का बन गया हो।

जसपाल ने शेखर की ओर देखकर जहरीली मुस्कराहट के साथ कहा–

'हरीश! क्या तुम अब भी इस बात को झुठला सकते हो कि तुम हरीश नहीं हो?'

फूलमणि ने चौंककर जसपाल की ओर देखा और आश्चर्य से बोली– 'क्या मतलब?'

जसपाल बोला– 'चाची! तुम्हारा यह हरीश अपने आपको रामस्वरूप का बेटा तो मानता है, लेकिन यह कहता है कि मैं हरीश नहीं, शेखर हूं।'

'क्या?' फूलमणि हड़बड़ाकर पीछे हट गई।

'हां चाची! यह कहता है तुमने इसे नहीं पाला। इसे इसके पिता के एक मित्र श्रीकांत ने पाला है, जिनकी बेटी के साथ इसकी शादी होने वाली है।'

फूलमणि भौंचक्की-सी देखती रह गई, फिर कांपते स्वर में बोली– 'क्या यह सच है बेटे?'

शेखर ने ठंडी सांस लेकर कहा–

'हां चाची! मैं आप लोगों को कैसे विश्वास दिलाऊं कि मैं हरीश नहीं हूं। मेरा नाम शेखर है और मुझे श्रीकांत जी ने पाला है।'

'बस करो हरीश! तुम मुझे बेवकूफ नहीं बना सकते।' जसपाल गुर्राया– 'मैं वास्तविकता जान गया हूं। याद रखो अगर तुमने मेरी बहन को नहीं अपनाया तो तुम्हारे टुकड़े-टुकड़े कर डालूंगा।'

शेखर ने बेबसी से फूलमणि की ओर देखकर कहा–

'चाची! तुम कहती हो कि तुमने हरीश को बचपन से पाला था, तो क्या तुम्हें मेरे शरीर के स्पर्श से पता नहीं चला कि मैं हरीश नहीं हूं।'

फूलमणि आंखें फाड़कर शेखर को देखने लगीं, फिर शेखर के पास आई। उसने शेखर की कमीज की आस्तीन ऊपर उठाकर उसकी बांह ध्यान से देखी। जब कुछ दिखाई न दिया तो लालटेन की रोशनी में उसकी बांह देखने लगी। फिर हड़बड़ाकर बोली– 'हे भगवान!'

जसपाल ने जल्दी से पूछा–

'क्या बात है चाची?'

'बेटे! हरीश की बाईं बांह पर एक निशान था।'

'कैसा निशान?' जसपाल ने जल्दी से आगे बढ़कर पूछा।

'हरीश छोटा-सा ही था। एक बार दीवाली पर फुलझड़ी से उसकी बांह जल गई थी।'

'यह क्या कह रही हो चाची?'

जसपाल भौंचक्का-सा शेखर को देखने लगा।

'देखो जसपाल! जब इंसान बेबस हो जाता है, तो भगवान उसकी सहायता करते हैं। अगर हरीश की बांह बचपन में न जली होती, तो तुम किसी भी कीमत पर विश्वास न करते कि मैं हरीश नहीं हूं।'

'तो–तुम?'

'विश्वास करो जसपाल। मैं हरीश नहीं शेखर हूं।'

'लेकिन इतनी समानता?'

अचानक फूलमणि बोल उठी–

'तुम क्या सचमुच रामस्वरूप के बेटे हो?'

'हां चाची! मैं रामस्वरूप का ही बेटा हूं।'

'इसका मतलब है तुम हरीश के भाई हो?'

'भाई?' शेखर ने आश्चर्य से कहा।

'यह तुम क्या कह रही हो?' जसपाल ने कांपते स्वर में कहा।

'हां बेटे!' फूलमणि ने भारी आवाज में कहा– 'यह हरीश का जुड़वां भाई है।'

शेखर और जसपाल भौंचक्के रह गए।

शेखर बोला– 'अगर मेरा कोई जुड़वां भाई था, तो पिताजी को उसके बारे में पता क्यों नहीं था?'

'इसका कारण मैं हूं।' फूलमणि ने भारी आवाज में कहा– 'मैंने तुम्हारे पिताजी से यह बात छिपा ली थी।'

'क्यों?'

'इसका कारण मेरा स्वार्थ था बेटे। जब तुम्हारी मां की गोद भरने वाली थी, तो उनकी तबीयत बहुत खराब थी। तुम्हारे पिता रामस्वरूप मुझे लेने आए। जब मैं उनके साथ उनके घर के दरवाजे पर पहुंची, तो हम दोनों ने एक आदमी को घर से निकलते देखा। उस आदमी के संबंध में किसी ने तुम्हारे पिता को यह बताया था कि उसके तुम्हारी मां के साथ अनैतिक संबंध हैं। तुम्हारे पिता गुस्से में दरवाजे पर रुक गए और मैं अंदर चली गई।

'तुम्हारी मां ने एक साथ दो लड़कों को जन्म दिया और बेहोश हो गई। मेरी नीयत खराब हो गई, क्योंकि मेरे अपना कोई बच्चा न था। मैंने एक बच्चे को छिपा दिया और रामस्वरूप को अंदर बुलाकर बच्चे को दिखाया। वह इतने गुस्से में थे कि उन्होंने बच्चे को उठाया और बोले कि अब न तो वह अपना मुह निरूपा को दिखाएंगे और न वह कभी अपने बच्चे को ही देख सकेगी। और वह बच्चे को लेकर चले गए।

'मैं परेशान हुई कि अब क्या करूं, अगर निरूपा को पता चला कि उसके पति बच्चे को लेकर चले गए तो वह मर जाएगी। मैंने उसे बचाने के लिए छिपाए हुए बच्चे को लाकर उसकी गोद में डाल दिया। फिर जब निरूपा के ससुर ने उसे गांव से निकाल दिया, तो मैं उसे अपने घर ले आई। लेकिन निरूपा ज्यादा दिन जिंदा न रह सकी। थोड़े दिन बाद ही उसका देहांत हो गया। मैंने उस बच्चे को पाला, वही हरीश था।'

जसपाल ने कांपते स्वर में कहा—

'और जिस बच्चे को रामस्वरूप अपने साथ ले गए, तो वह शेखर था।'

'इसके अलावा और क्या हो सकता है?'

जसपाल ने अपना माथा सहलाकर कहा—

'हे भगवान! इतनी बड़ी गलतफहमी! और इतनी बड़ी भूल।'

शेखर के होंठों पर मुस्कराहट फैल गई। वह बोला—

'भगवान के यहां अन्याय नहीं है। शुक्र है कि तुम्हारी गलतफहमी दूर हो गई।'

जसपाल ने कांपते स्वर में कहा—

'लेकिन मेरी बहन ने क्या भूल की थी कि जिसका दंड भगवान ने उसे दे रखा है? शोमू का क्या दोष है, जो भगवान उसे तड़पा रहा है। कितना बड़ा पाप हुआ है मामाजी से, जो उन्होंने तुम्हारी सूरत नलिनी और शोमू को दिखा दी। अभी तक तो नलिनी को यही विश्वास था कि उसका पति मर चुका है। वह अब तक बच्ची के लिए जिंदा थी, लेकिन अब उसने तुम्हें देख लिया है। वह यही समझेगी कि उसका पति जिंदा है और जब उसे यह पता चलेगा कि उसने जो कुछ देखा था, सपना था, तो उसका क्या हाल होगा? शेखर! वह एक पल भी जिंदा न रह सकेगी।'

जसपाल ने लंबी सांस लेकर कहा—

'और उस मासूम शोमू को आज विश्वास हो गया है कि उसका पिता जिंदा है। जिस पिता के आने की वह वर्षों से आस लगाए बैठी थी; आज तुम उसके पिता के रूप में उसके सामने पहुंचे थे। तुम्हें बचाने के लिए उसने किस तरह अपनी जान पर खेलकर साहसी काम किया था। शेखर जब उसे पता चलेगा कि तुम उसके पिता नहीं हो, तो उसके मासूम दिल को कितना बड़ा धक्का लगेगा। हे भगवान! तूने यह क्या किया?'

जसपाल दोनों हाथों में मुंह छिपाकर सिसक उठा।

शेखर ने देखा; वह जसपाल; जो उसका जानी दुश्मन था, जिसे देखकर उसे पूरा-पूरा विश्वास हो जाता था कि वह उससे कृष्णा के छिन जाने का बदला लेकर रहेगा। वह इस समय एक बच्चे की तरह रो रहा था।

सहसा शेखर की आंखों के आगे शोमू का चेहरा नाच उठा, जिसने गलतफहमी के कारण उसे पिता समझ लिया था। किस तरह वह उसके सीने से लिपट गई थी। उसकी मासूम धड़कनों का स्पर्श उसे अभी तक अपने सीने पर महसूस हो रहा था। उसकी भयभीत आंखें शेखर की आंखों के आगे घूम गईं, जो इस डर से फैल गई थीं कि उसके नानाजी और मामाजी शेखर को मार डालेंगे। उसके पिता को मार डालेंगे।

शेखर की धड़कनें तेज हो गईं।

अचानक फूलमणि ने जसपाल के कंधे पर हाथ रखकर कहा— 'बस कर बेटा। रो मत।'

'चाची! मैं क्या करूं? मेरी समझ में कुछ नहीं आ रहा।'

'बेटे! अगर नलिनी तेरी बहन है तो मेरी भी बहू है। शोमू तेरी भांजी है, तो मेरी पोती है। फिर हरीश शेखर का ही तो भाई था। शोमू की रगों में वही खून है, जो शेखर की रगों में है। वह शेखर के सगे भाई की ही तो बेटी है।'

'यह तो ठीक है।' शेखर सोचने लगा— 'शोमू की रगों में मेरे भाई का खून है। मेरा ही खून तो है। मैं उसका चाचा हूं। चाचा और पिता में अंतर ही क्या होता है।'

जसपाल ने बढ़कर शेखर के दोनों हाथ पकड़ लिए और गिड़गिड़ाकर बोला— 'क्या तुम मुझे माफ नहीं करोगे शेखर?'

फिर वह घुटनों के बल बैठकर शेखर से गिड़गिड़ाकर बोला— 'मैं जानता हूं, तुम मुझसे नफरत करते हो। कृष्णा के कारण ही मैंने तुमसे दुश्मनी की थी। मैं अपनी गलतियों के लिए तुम्हारे पैर पकड़कर माफी मांगता हूं। शेखर मेरे अपराधों को भूल जाओ। बस मेरी शोमू के होंठों की मुस्कराहट लौटा दो। उस मासूम के सिर से पिता का साया मत छीनो।'

'जसपाल!' शेखर की आवाज कांप उठी।

'नलिनी, शोमू की मां है। शोमू तुम्हें अपना पिता समझती है। अगर तुम हां कह दोगे, तो उस मासूम के होंठों की मुस्कराहट लौट आएगी। उसके तड़पते दिल को शांति मिल जाएगी।'

'मगर नलिनी...!'

'नलिनी शोमू की मां है। शोमू को पिता से अधिक मां की जरूरत है, अगर तुम चाहो तो नलिनी भी बच सकती है।'

'भला मैं कैसे बचा सकता हूं नलिनी को?' शेखर ने आश्चर्य से कहा।

'हरीश का रूप लेकर।'

'नहीं।'

जसपाल ने हाथ जोड़कर कहा—

'मैं तुमसे यह नहीं कहूंगा कि तुम स्थाई रूप से यानी हमेशा के लिए ही हरीश बन जाओ; जब तक नलिनी रोगमुक्त न हो जाए, तब तक तुम हरीश बने रहो।'

'लेकिन रोगमुक्त होने के बाद जब नलिनी को वास्तविकता मालूम होगी तो?'

'तब तक मौत का साया उसके सिर से हट चुका होगा। जब एक बार मौत का साया उसके सिर से हट चुका होगा, तो मौत का भय टल जाएगा, फिर उसे जिंदगी से प्यार हो जाएगा। वह तुमसे अधिक अपनी बेटी के लिए जिंदा रहने की कोशिश करेगी। लेकिन एक बार उसके सिर से मौत का साया टल जाना चाहिए।'

शेखर की समझ में नहीं आया कि वह क्या उत्तर दे। कैसे वचन दे कि वह नलिनी के पति का रूप ग्रहण कर लेगा।

सहसा जसपाल ने खंजर निकाला और उसे शेखर की ओर बढ़ाते हुए बोला–

'लो। अगर तुम शोमू और नलिनी को जिंदगी नहीं दे सकते, तो उनके लिए मौत का रास्ता ही आसान कर दो।'

'जसपाल!' शेखर हड़बड़ाकर पीछे हट गया।

उसकी आंखें फटी रह गईं। उसके आगे शोमू का मासूम चेहरा नाच उठा।

▢▢
▢▢

शेखर डाक बंगले के कंपाउंड में पहुंचा, तो फाटक की चरचराहट की आवाज होते ही डाक बंगले का मुख्य दरवाजा खुल गया। उसमें से पहले ढोंगीलाल की गर्दन बाहर आई और फिर वह झपटकर बाहर आ गया और कांपती आवाज में बोला– 'डॉक्टर साहब! आप आ गए? शुक्र है भगवान का।'

'तुम अभी तक जाग रहे हो?' शेखर ने आते ही कहा।

'किस कमबख्त को नींद आती डॉक्टर साहब। आप यहां से ग्यारह बजे गए थे, अब तीन बज रहे हैं। मेरा तो डर के मारे बुरा हाल हो गया था कि कहीं आपको कुछ हो न गया हो।'

'नर्स सो रही है या जाग रही है?'

'नर्स!' ढोंगीलाल ने लंबी सांस लेकर कहा– 'डॉक्टर साहब! दो-चार दिन में आपको यह फैसला करना ही पड़ेगा कि आपके साथ नर्स रहेगी या कंपाउंडर।'

'क्यों?'

'अरे पता नहीं वह मुझे भूत समझती है या दुनिया का छंटा हुआ बदमाश।

जबसे आप गए हैं, तभी से जाग रही है। बार-बार दरवाजा खोलती है, मुझे देखती है और फटाक से दरवाजा बंद कर लेती है।'

शेखर ने कोई उत्तर नहीं दिया। अपने कमरे में जाकर कपड़े बदलने लगा। वह गहरी चिंता में डूबा जा रहा था।

अंतिम मरीज उठकर गया नहीं था कि मुखिया जी का नौकर अंदर आकर दो पत्र शेखर के सामने रख गया। एक पत्र शेखर के नाम था और दूसरा नर्स के नाम। शेखर ने नर्स का पत्र नौकर को देकर कहा कि वह इस पत्र को नर्स को दे आए।

नौकर के जाने के बाद शेखर ने लिफाफा खोला। पत्र कृष्णा का था।

'शेखर!

याद नहीं, तुम्हें कितनी बार लिख चुकी हूं कि तुम्हारी एक झलक पाने के लिए मैं कितनी बेचैन हूं। लेकिन तुम हर बार कोई-न-कोई बहाना बनाकर मुझे हीरापुर आने से रोक देते हो। अब की बार तुमने नहीं बुलाया तो मैं खुद चली आऊंगी। मेरे मन में पिछले कुछ दिनों से न जाने कैसे-कैसे विचार उठने लगे हैं। तुम तो जानते हो कि प्यार करने वाले का दिल कितना संवेदनशील होता है। भगवान के लिए मुझे एक बार बुला लो या समय निकालकर मुझसे तुम मिल लो। मैं बेचैनी से तुम्हारे उत्तर की राह देखूंगी। अगर इसी सप्ताह तुम्हारा उत्तर न मिला तो मैं स्वयं हीरापुर पहुंच जाऊंगी

तुम्हारी और केवल तुम्हारी

कृष्णा।'

पत्र समाप्त करके शेखर ने एक लंबी और गहरी सांस ली। वह उठने का इरादा नहीं कर पाया कि अचानक मंजू आई और उसने अपनी मां का पत्र उसके सामने रख दिया।

शेखर ने चौंककर देखा। मंजू की आंखों में आंसू थे। उसके होंठ कांप रहे थे।

शेखर पत्र उठाकर पढ़ने लगा।

'मंजू बेटी!

तुम्हारा भेजा पत्र और मनीऑर्डर मिला। एक बुरी खबर देते हुए मुझे बहुत ही दुःख हो रहा है। मैं चाहती हूं कि यह सब होने से पहले ही तुम्हारे पास यह खबर पहुंच जाए ताकि तुम अगर कुछ कर सको तो करो। मैं जानती हूं कि तुम दिनेश से कितना प्यार करती हो और

मैं यह भी जानती हूं कि अगर दिनेश तुमसे छिन गया तो तुम्हारी जिंदगी तुम्हारे लिए एक बोझ बन जाएगी। दिनेश की शादी इस सप्ताह के अंत में होने जा रही है।

तुम्हारी शुभेच्छु
मां।'

शेखर ने झटके से गर्दन उठाकर मंजू की ओर देखा। मंजू की आंखों से आंसू बहने लगे। वह तेजी से अपने कमरे की ओर चली गई।

मंजू की भूख-प्यास उड़ गई थी, रोते-रोते गला सूख गया था। वह अपने बिस्तर पर औंधी पड़ी सिसक रही थी। आंसुओं से तकिया भीग गया था। सिर भारी हो गया था और दिमाग फोड़े की तरह दुखने लगा था।

वह बिस्तर से उठी तो उसके कदम लड़खड़ा उठे। आंखों के आगे अंधेरा छा गया। उसने दीवार का सहारा लिया और धीरे-धीरे बाहर आ गई। उसने देखा डिस्पेंसरी वाले कमरे में ताला पड़ा हुआ था। उसने कलाई पर बंधी घड़ी पर नजर डाली। दोपहर के तीन बजे थे। डिस्पेंसरी खुलने में अभी देर थी। डिस्पेंसरी की चाबी ढोंगीलाल के पास रहती थी।

मंजू ढोंगीलाल के कमरे की ओर बढ़ गई, लेकिन ढोंगीलाल के कमरे में भी ताला पड़ा था। मंजू को याद आया कि ढोंगीलाल शहर जाता था, तो डिस्पेंसरी की चाबी शेखर को दे जाता था।

वह शेखर के कमरे के पास पहुंची, तो उसकी नाक से एक अजीब-सी स्प्रिट जैसी गंध टकराई। वह ठिठककर रुक गई। उसने नथुने सिकोड़कर गहरी-गहरी सांसें खींचीं। उसे विश्वास हो गया कि यह गंध शेखर के कमरे से आ रही है। सहसा उसके मन में एक विचित्र-सी चाह उठी। उसने चाबी के सुराख से अपनी आंख लगा दी।

दूसरे ही पल वह सन्नाटे में रह गई। शेखर अपने कमरे में बैठा बोतल से मुंह लगाकर शराब पी रहा था। शराब की गंध ही फैली हुई थी। एक अज्ञात भय से मंजू कांप उठी। वह हड़बड़ाकर सीधी खड़ी हो गई। वह अपने सीने पर हाथ रखकर सोचने लगी—

'हे भगवान! यह मैं क्या देख रही हूं? क्या शेखर बाबू शराब पीते हैं? लेकिन वह तो देवता के समान हैं। कुछ भी है, आखिर हैं तो मर्द ही। और मर्दों की जाति का क्या भरोसा? कब उसकी नीयत बदल जाए। हो सकता है यह मेरा वहम ही हो।'

मंजू का दिल बहुत बुरी तरह धड़कने लगा। वह तेजी से मुख्य दरवाजे की

82

ओर बढ़ी। उसने सोच लिया था कि जब तक ढोंगीलाल शहर से लौटकर न आएगा, वह कंपाउंड में ही बैठी रहेगी।

लेकिन जैसे ही वह मुख्य दरवाजे पर पहुंची तो उसे एक गहरी ठोकर लगी। मुख्य दरवाजे में अंदर से ताला पड़ा हुआ था। उसका पूरा बदन झनझना उठा। वह भयभीत होकर शेखर के कमरे की ओर देखती हुई अपने कमरे में जाने लगी।

तभी शेखर के कमरे का दरवाजा खुला और शेखर लड़खड़ाते कदमों से कमरे से निकला। मंजू का पूरा बदन कांप उठा।

शेखर ने मंजू को देखा और बोतल मुंह से लगाकर खाली कर दी। मंजू के पांव जैसे फर्श पर जम गए। वह एक कदम भी आगे न बढ़ सकी।

शेखर ने खाली बोतल दीवार से दे मारी और दोनों हाथ फैलाकर लड़खड़ाता हुआ मंजू की ओर बढ़ने लगा।

मंजू तेजी से अपने कमरे की ओर भाग पड़ी।

शेखर भी लड़खड़ाता हुआ उसके कमरे की ओर झपटा और इससे पहले कि मंजू अंदर से दरवाजा बंद करती, शेखर ने दरवाजा पकड़ लिया। मंजू दरवाजा बंद करने की कोशिश करने लगी। लेकिन शेखर ने दरवाजा नहीं छोड़ा। मंजू के माथे पर पसीने की बूंदें झलक आईं। शेखर बढ़कर दरवाजे में घुस गया। मंजू लड़खड़ाती हुई पीछे हटने लगी।

शेखर ने अंदर से दरवाजा बंद कर लिया और मंजू की ओर बढ़ने लगा।

मंजू भयभीत स्वर में चीख उठी—

'नहीं-नहीं, मेरे पास मत आओ। मुझे हाथ मत लगाओ—मुझे मत छुओ। मैं तो तुम्हें देवता समझती थी, लेकिन तुम तो शैतान निकले।'

शेखर कहकहे लगाता हुआ मंजू की ओर बढ़ता रहा। मंजू भय से कांपती हुई पीछे हटती रही।

शेखर ने अपनी कमीज उतारकर एक ओर फेंक दी। सहसा मंजू के पैर पलंग से टकराए और वह लड़खड़ाकर पलंग पर चित जा गिरी और शेखर झपटकर उसके ऊपर झुक गया। मंजू का पूरा बदन थरथरा उठा। वह अपने आपको छुड़ाने की कोशिश करने लगी। वह अंदर-ही-अंदर चीख रही थी—

'बचाओ-बचाओ! मुझे छोड़ दे कमीने—कुत्ते!'

लेकिन उसके होंठों से आवाज नहीं निकल रही थी।

शेखर ने उसकी दोनों बांहें इधर-उधर हटाईं और फिर उसके होंठ मंजू के होंठों से लगने लगे। शराब की तेज बू मंजू के नथुनों से टकराने लगी। मंजू को लगा, जैसे उसका दम घुटता जा रहा है। वह जोर से चीख उठी—

'बचाओ! बचाओ!'

'कमीने मुझे छोड़ दे।'

'छोड़ दे कमीने, कुत्ते!'

चीखते-चीखते उसका गला बैठ गया। फिर धीरे-धीरे उसकी चेतना अंधकार में डूबती चली गई और फिर चारों ओर सन्नाटा छा गया।

❑❑
❑❑

मंजू अनुमान न लगा सकी कि वह कितनी देर तक बेहोश पड़ी रही। जब उसे होश आया तो उसकी आंखें छत से टकराईं, लेकिन वह बहुत गुमसुम-सी पड़ी रही। उसकी समझ में कुछ न आ रहा था। फिर धीरे-धीरे उसकी चेतना लौटने लगी। शेखर का चेहरा और वह दृश्य उसकी आंखों के आगे उभरता चला गया।

वह हड़बड़ाकर उठ बैठी। उसका दिल बहुत जोर-जोर से धड़क रहा था। सांसें तेज-तेज चल रही थीं। उसने जल्दी-जल्दी अपना बदन टटोला। कहीं वह लुट तो नहीं गई, लेकिन उसने महसूस किया कि उसकी आबरू सुरक्षित थी।

उसकी पलकें भीग गईं। वह अपने आप में बड़बड़ाई—

'हे भगवान! शुक्र है तेरा।'

वह बिस्तर से उठी। चप्पलें पहनीं और दरवाजा खोलकर बाहर आ गई। उसने भयभीत नजरों से पहले शेखर के कमरे की ओर देखा। कमरे का दरवाजा खुला था। फिर उसने ढोंगीलाल के कमरे की ओर देखा। कमरे के दरवाजे में अभी तक ताला पड़ा था। फिर उसकी नजर मुख्य दरवाजे की ओर उठी। मुख्य दरवाजे का ताला खुला हुआ था।

मंजू के पांव मुख्य दरवाजे की ओर बढ़ने लगे।

तभी शेखर के कमरे का दरवाजा खुला। दरवाजा खुलने की आहट सुनकर मंजू भयभीत हिरणी की तरह ठिठककर शेखर के कमरे की ओर देखने लगी।

शेखर अपने कमरे से निकला। उसके बदन पर डिस्पेंसरी का लिबास था। वह टाई की गांठ ठीक कर रहा था। सहसा उसकी नजर मंजू पर पड़ी। वह रुक गया और मुस्कराकर बोला— 'तुम जाग गईं?'

मंजू ने भयभीत नजरों से उसकी ओर देखा और थूक निगलकर बोली— 'हां।'

शेखर मुस्कराता हुआ मंजू की ओर बढ़ने लगा। मंजू कांपती हुई आवाज में पीछे हटती हुई बोली—

'नहीं-नहीं, मेरे पास मत आओ।'

'क्यों?' शेखर मुस्कराकर बोला।

'मैं तो तुम्हें देवता समझती थी, लेकिन तुम तो राक्षस निकले।'

'अच्छा!' शेखर हंसकर बोला— 'सिद्ध करो कि मैं राक्षस हूं।'

'तुमने मेरी आबरू पर हमला किया।'

'तो क्या तुम्हारी आबरू सुरक्षित नहीं है?'

'म...म...मैं...।'

शेखर हंसकर बोला—

'मंजू तुम्हारे ऊपर मेरा हमला कामयाब हो गया।'

'क्या?'

'हां मंजू! देखो अब तुम सुन भी रही हो और बोल भी रही हो।'

मंजू इतनी जोर से उछली, जैसे उसके पास कोई बम फट गया हो। फिर वह खुशी से कांपती हुई आवाज में बोली—

'हां, मैं बोल सकती हूं, मैं सुन सकती हूं—डॉक्टर साहब। मैं बोल सकती हूं, मैं सुन सकती हूं।'

मंजू खुशी से नाचने लगी। फिर सहसा शेखर के पैरों के पास बैठकर उसने शेखर के पैर पकड़ लिए। 'मैंने आप पर व्यर्थ ही शक किया।' और वह बच्चों की तरह फूट-फूटकर रोने लगी।

शेखर ने उसके कंधे पकड़कर उसे उठाया और भारी आवाज में बोला— 'मंजू! मैं तुमसे उस ज्यादती और बेहूदगी की माफी चाहता हूं, जो तुम्हारे इलाज के लिए मुझे तुम्हारे साथ करनी पड़ी। इसके सिवाय तुम्हारा और कोई इलाज ही नहीं था।'

'डॉक्टर साहब!' मंजू सिसक पड़ी— 'मैं आपका यह अहसान जीवन-भर नहीं भूलूंगी। आपने मुझे नया जीवन दिया है।'

'अच्छा, अब आंसू पोंछ डालो और नए जीवन का स्वागत मुस्कराकर करो। मैं तुम्हें एक सप्ताह की छुट्टी दे रहा हूं। तुम शहर जाकर अपने प्रेमी के साथ विवाह कर लो।'

मंजू की आंखों से खुशी के आंसू बहने लगे। शेखर ने उसकी पीठ थपथपाई।

❑❑
❑❑

ढोंगीलाल सामान लेकर डाक बंगले में पहुंचा तो डिस्पेंसरी बंद थी। शेखर का कमरा भी बंद था।

ढोंगीलाल ने सामान मेज पर रख दिया और बड़बड़ाया— 'क्या मुसीबत है। अब इस गूंगी-बहरी के साथ घंटे-भर मगज-पच्ची करो, तब चाबी मिलेगी, यह जिल्लत भी अपने मुकद्दर में लिखी थी।'

वह बुरा-सा मुंह बनाकर मंजू के कमरे के दरवाजे पर आया। उसने दरवाजे पर दस्तक दी, लेकिन दूसरे ही पल चौंककर बड़बड़ाने लगा—

'धत्त तेरे की, भला यह बहरी क्या सुनेगी।'

अचानक मंजू के कमरे का दरवाजा खुला। मंजू को देखते ही ढोंगीलाल दांत पीसकर बड़बड़ाया—

'खुदा तुझे गारत करे। मेरे ही मुकद्दर में बदी थी।'

'व्हाट?' मंजू ने आंखें निकालीं।

'कुछ नहीं, डॉक्टर साहब कहां गए हैं?

'मरीज देखने।'

'डिस्पेंसरी की चाबी?'

'यह लो।'

मंजू ने चाबी ढोंगीलाल को दे दी। ढोंगीलाल ने चाबी ली और बुरा-सा मुंह बनाकर डिस्पेंसरी की ओर बढ़ने लगा। सहसा उसे कुछ ख्याल आया और वह ठिठक गया। फिर डरते-डरते मंजू की ओर मुड़कर बोला—

'तुम! बोल सकती हो?'

'क्यों नहीं?' मंजू मुस्करा दी।

'सुन भी सकती हो?'

'बिलकुल।'

ढोंगीलाल के मुंह से एक जोर की चीख निकली और उसने मुख्य दरवाजे की ओर छलांग लगाई। दरवाजे पर पहुंचते ही वह शेखर से टकरा गया। शेखर आश्चर्य से पूछने लगा—

'यह क्या पागलपन है?'

'डॉक्टर साहब! भूत-भूत!'

'कहां है भूत?'

'वह-वह।' ढोंगीलाल ने मंजू की ओर इशारा किया।

'यह तो मंजू है।'

'इसके ऊपर कोई भूत सवार हो गया है।'

'क्यों?'

'वह गूंगी थी ना?'

'हां, तो?'

'अब बोलने लगी है और सुनने भी लगी है।'

'ओहो!' शेखर ने भयभीत होने की एक्टिंग की— 'तब तो सचमुच इसके ऊपर भूत सवार हो गया है।'

मंजू बड़ी मुश्किल से हंसी रोक पाई और बालों को बिखेरकर डरावनी आवाज बनाकर बोली—

'हां, मैं बाबा धर्मदास का भूत हूं। डाक बंगले के पीछे वाले पीपल पर एक

हजार साल से रह रहा हूं।'

'अरी मेरी मां! मैं मर गया।' ढोंगीलाल रुआंसा होकर बोला।

'लेकिन तुम्हें यहां आने की क्या जरूरत आ पड़ी?'

'मेरा नाम धर्मदास है। मैं इस बंगले में किसी भी तरह का अधर्म या किसी अधर्मी को बर्दाश्त नहीं कर सकता।'

'यहां क्या अधर्म है और कौन अधर्मी यहां रहता है?' ढोंगीलाल ने पूछा।

'रहता है, एक अधर्मी रहता है, जिसका नाम ढोंगीलाल है।'

'मैं-मैं कैसे अधर्मी?' ढोंगीलाल घिघिया।

'तुमने जो रकम डिस्पेंसरी से और डॉक्टर की जेब से चुरा-चुराकर जमा की है, क्या वह तुम्हारी ईमानदारी का प्रमाण है?'

ढोंगीलाल बौखलाकर शेखर की ओर देखने लगा। फिर जल्दी से बोला– 'यह झूठ है–बिलकुल झूठ है।'

'बको मत।'

मंजू इतनी जोर से गुर्राई कि ढोंगीलाल उछल पड़ा।

'हम प्रेतात्माओं से कोई बात छिपी नहीं रह सकती। तुमने वह रकम एक डिब्बे में रखकर एक क्यारी में गाड़ रखी है। क्या यह झूठ है?'

'नहीं-नहीं।' ढोंगीलाल घिघियाया।

'जाओ, जल्दी से वह डिब्बा निकालकर लाओ, वरना हम तुम्हें भस्म कर देंगे।'

ढोंगीलाल भागकर बाहर चला गया। शेखर और मंजू ने बड़ी मुश्किल से अपनी हंसी रोकी।

थोड़ी देर बाद ढोंगीलाल डिब्बा लेकर आ गया। उसने डिब्बा खोलकर मंजू के सामने रख दिया और कांपते हुए बोला– 'इसमें पूरे पांच सौ आठ रुपये हैं।'

'ढोंगीलाल!' शेखर ने गंभीर स्वर में कहा– 'मैंने तुम पर विश्वास किया था, उसका यह फल दिया तुमने?'

'मुझे माफ कर दीजिए डॉक्टर साहब।' ढोंगीलाल गिड़गिड़ाया– 'मैं परिस्थितियों से विवश था। मैं आपको पहले ही बता चुका हूं कि मेरे छह बहन-भाई हैं। उनकी मुझ पर ही जिम्मेदारी है। मेरा गुजारा एक हजार रुपयों में नहीं होता।'

मंजू ने फिर आवाज बनाकर कहा– 'लेकिन इस तरह बेईमानी से तुम कब तक गुजारा करोगे? तुम्हारी पोल जहां भी खुलेगी, तुम्हें वहीं नौकरी से छुट्टी मिल जाएगी और जब तुम बुरी तरह बदनाम हो जाओगे, तो तुम्हें कहीं भी नौकरी नहीं मिलेगी।'

'नहीं-नहीं, मुझे नौकरी से मत हटाइए डॉक्टर साहब। मेरे भाई-बहन भूखों

मर जाएंगे।'

'वचन दो कि फिर कभी बेईमानी नहीं करोगे।'

'मैं वचन देता हूं। भले ही मेरे भाई-बहनों को एक वक्त भूखा सोना पड़े, मैं चोरी या बेईमानी नहीं करूंगा।'

शेखर ने ढोंगीलाल के कंधे पर हाथ रखकर कहा—

'अच्छी बात है ढोंगीलाल! तुम्हें अपनी गलती का अहसास हो गया है, इसलिए मैं तुम्हें माफ करता हूं।।अगर एक हजार रुपये में तुम्हारा गुजारा नहीं होता, तो इस महीने से तुम्हें डेढ़ हजार रुपये दिया करूंगा। लेकिन याद रखो अगर किसी भी समय तुमने ऐसी हरकत की तो नौकरी से हटा दूंगा।'

'आप देवता हैं डॉक्टर साहब।' ढोंगीलाल ने रुंधे गले से कहा।

'नहीं ढोंगीलाल! यही यह लड़की देवी है।' शेखर ने मंजू की ओर इशारा करके कहा— 'इसने तुम्हारी चोरी पकड़ ली थी, लेकिन मुझे बताने के साथ ही इसने मुझसे प्रार्थना की थी कि मैं तुम्हें नौकरी से न निकालूं।'

'क्या मतलब?' ढोंगीलाल ने चौंककर कहा और मंजू की ओर देखा।

'हां ढोंगीलाल!' मंजू अपने वास्तविक स्वर में बोली।

'यह सच है। मैंने तुम्हें डिब्बे में रुपये रखते हुए देख लिया था और डॉक्टर साहब को बता दिया था।'

'मगर तुम?'

'मैं अब गूंगी-बहरी नहीं हूं।' मंजू मुस्कराई।

'क्या?' ढोंगीलाल भौंचक्का-सा रह गया।

शेखर ने रुपये उठाकर मंजू को देते हुए कहा—

'मंजू! तुम आज शहर जा रही हो। ये रुपये ढोंगीलाल के घर पहुंचा देना।'

ढोंगीलाल की आंखें आश्चर्य से फटी रह गईं।

रात के लगभग दस बजे होंगे। शेखर ने उस किले जैसे मकान का दरवाजा खटखटाया। अंदर से शोमू की खुशी भरी आवाज आई— 'पिताजी आ गए, नानाजी।'

दरवाजा खुला। सामने बूढ़ा खड़ा था। शेखर को देखकर वह दरवाजे से एक ओर हट गया। शेखर अंदर चला गया।

शोमू उसकी ओर दौड़ी।

'पिताजी-पिताजी!'

शेखर ने बैग जमीन पर रखकर शोमू को गोद में उठाया और चूम लिया।

शोमू उसके गले में बांहें डालकर बोली— 'पिताजी!'

'शोमू–मेरी बेटी!'

'मैं जानती थी कि आप जरूर आएंगे।'

'आता क्यों नहीं बेटी?'

'लेकिन पिताजी! आप हमें छोड़कर क्यों चले गए थे?'

'हम शहर में डॉक्टरी पढ़ने गए थे ताकि तुम्हारी मां का इलाज कर सकें।'

'अच्छा तो आप मेरी मां का इलाज करेंगे?' शोमू खुश होकर बोली।

'हां बेटी!'

'और मां अच्छी हो जाएगी?'

'हां बेटी! भगवान ने चाहा तो तुम्हारी मां जरूर अच्छी हो जाएंगी।'

'आप कितने अच्छे हैं–पिताजी।' शोमू शेखर के सीने से लग गई।

शेखर ने शोमू को सीने से लगा लिया। उसके मासूम दिल की धड़कनें जैसे शेखर के दिल में उतरने लगीं। उसकी आंखें मुंद गईं। जी चाहा कि शोमू को अपने सीने से कभी अलग न करे।

तभी पीछे से बूढ़े ने कहा–

'चलो शोमू बेटी! अपने पिताजी को मां के पास जाने दो।'

शोमू शेखर की गोद से उतरकर बोली–

'मां के पास जाइए पिताजी। मैं यहीं रहूंगी। नानीजी कहती हैं कि मुझे मां से दूर रहना चाहिए, नहीं तो मैं भी मां की तरह बीमार पड़ जाऊंगी।'

फिर वह शेखर का हाथ थामकर प्रार्थना भरे स्वर में बोली–

'मां को जल्दी अच्छा कर दीजिए पिताजी। जी चाहता है कि मैं मां के पास सोऊं, मां से खूब लिपटकर।'

शेखर का भी दिल भर आया। उसने भारी आवाज में कहा–

'तुम चिंता मत करो बेटी। तुम्हारी मां बहुत जल्दी अच्छी हो जाएंगी। फिर तुम अपनी मां की छाती से लिपटकर सोया करना।'

शेखर अपने आंसुओं को रोकने की कोशिश करता हुआ नलिनी के कमरे में चला गया। नलिनी के कमरे में लालटेन जल रही थी। उसकी मद्धिम रोशनी में नलिनी का चेहरा और अधिक पीला दिखाई दे रहा था। उसकी ज्योतिहीन और खामोश निराश आंखें दरवाजे पर लगी हुई थीं। शेखर को अंदर आते देखकर उसकी आंखों में एक चमक-सी पैदा हो गई।

नलिनी के हाथ सिर ढंकने के लिए आंचल की ओर बढ़ने लगे और वह उठने का प्रयत्न करने लगी।

शेखर ने उसके पास पहुंचकर धीरे से कहा–

'लेटी रहो नलिनी!'

नलिनी लेट गई। उसकी आंखों में खुशी के आंसुओं की नमी झलक आई।

होंठ कांपने लगे। शेखर उसे ध्यान से देखता हुआ बैठ गया। यह भोली-भाली बीमार औरत, जो उसे अपना पति समझती है; जो उसके भाई की पत्नी है, उसे क्या पता कि इसका पति नहीं है। इसकी आंखों में खुशी की झलक है। एक नई जिंदगी लहराती हुई महसूस हो रही है। अगर उसे यह पता चल जाए कि मैं इसका पति नहीं हूं, तो इतना बड़ा सदमा यह कैसे बर्दाश्त करेगी? क्या यह मर न जाएगी? यह एक मासूम बच्ची की मां भी है–शोमू की मां।

'पिताजी! मां को जल्दी-जल्दी अच्छा कर दीजिए। मेरा बहुत जी चाहता है मां के पास सोने को। खूब लिपटकर।'

शोमू के शब्द शेखर के कानों में गूंज उठे। उसने नलिनी को देखकर धीरे से पूछा–

'अब तबीयत कैसी है?'

नलिनी के होंठ कांपे, लेकिन आवाज नहीं निकली। उसकी आंखों से आंसू बहने लगे।

'तुम रोती हो नलिनी?'

'नहीं, यह तो खुशी के आंसू हैं। मेरे लिए इससे बड़ी खुशी और क्या हो सकती है कि मेरा सुहाग सुरक्षित है।'

शेखर सन्नाटे में रह गया।

नलिनी ने अपने आंसू पोंछकर भर्राए स्वर में कहा–

'मेरी आंखें तो कल से दरवाजे पर ही लगी थीं। आपके इंतजार में एक-एक पल एक-एक साल के बराबर मालूम हो रहा था। कल आपकी एक झलक देखकर मैं बेहोश हो गई थी, जब होश में आई तो मैंने समझा कि शायद मैंने सपना देखा था। मगर शोमू ने बताया कि वह सपना नहीं था, सच था। आप सचमुच आए थे।'

कहते-कहते नलिनी की आवाज भर्रा गई।

शेखर ने उसके चेहरे को ध्यान से देखते हुए कहा–

'नलिनी! तुम नहीं पूछोगी कि मैं इतने दिनों तक तुमसे दूर क्यों रहा?'

'नहीं, मैं आपसे कुछ भी नहीं पूछना चाहती, जिसने मुझे इतनी दूर रखा। मेरे लिए यही बहुत है कि मेरा सुहाग सलामत है। मेरी बच्ची के सिर पर बाप का साया मौजूद है।'

'नलिनी!'

नलिनी ने कांपते हुए कमजोर हाथ से शेखर का हाथ थाम लिया।

'मेरी और कोई तमन्ना नहीं है। बस मैं इतना ही चाहती हूं कि मुझे आपकी बांहों में भले ही स्थान न मिले, लेकिन आपके चरणों में जरूर मिले। मैं जब तक जिंदा हूं और जब तक मेरी शोमू बड़ी न हो जाए।'

'ऐसी बातें मत करो नलिनी। तुम जिंदा हो और रहोगी। इतने दिन कि अपनी शोमू के हाथों में मेहंदी लगा सको। डोली में बिठाकर उसे विदा कर सको।'

'सच!'

'हां नलिनी! मैं तुम्हारा इलाज करूंगा। तुम बहुत जल्दी ठीक हो जाओगी।'

नलिनी ने शेखर का हाथ चूमा और सिसकियां भरने लगी।

शेखर धीरे-धीरे उसके सिर को सहलाने लगा।

शेखर नलिनी के कमरे से निकला तो सामने खड़े बूढ़े को देखकर ठिठक गया।

'अब कैसी है नलिनी?'

'इंजेक्शन दे दिया है। रात को आराम से सो जाएगी।'

'वह ठीक हो जाएगी क्या?'

'हां जी, अब नलिनी मरेगी नहीं, मैं उसे मौत की बेरहम गोद से निकाल लाऊंगा।'

बूढ़े ने शेखर के दोनों हाथ पकड़ लिए और भर्राई हुई आवाज में बोला—

'मुझे माफ कर दो बेटे। मैंने तुम्हें गलत समझा था।'

'मामाजी!'

'जसपाल ने आज मुझे सब कुछ सच-सच बता दिया है। मैं तुम्हें हरीश समझता था। मैंने तुम्हारे साथ ज्यादती भी की थी। मुझे मालूम नहीं था कि तुम हरीश के जुड़वां भाई हो।'

'जो हुआ उसे भूल जाओ मामाजी।'

'शोमू तुम्हें अपना पिता समझती है और नलिनी पति।'

'इन दोनों का काम बना रहेगा मामाजी। नलिनी मेरे भाई की पत्नी है। शोमू मेरे भाई की बेटी है। शोमू के सिर पर मां का साया बनाए रखना है, जो कि मेरा कर्त्तव्य है। इसके लिए मुझे जो भी करना पड़ेगा, मैं करूंगा। मैं आपको वचन देता हूं कि शोमू के सिर पर से मां का साया कभी नहीं हटेगा।'

'बेटे!' बूढ़ा, शेखर का हाथ पकड़कर रो पड़ा।

शेखर ने बूढ़े का कंधा थपककर तसल्ली दी और धीरे से बोला— 'शोमू कहां है?'

अचानक बुढ़िया शोमू को गोद में लेकर आ गई।

'शोमू यह रही बेटे।'

'पिताजी!'

शोमू ने अपनी बांहें फैला दीं। शेखर ने उसे अपने सीने से लगा लिया।

शोमू शेखर के सीने से लगकर बोली—

'मुझे अपने साथ ले चलिए पिताजी। मुझे नानीजी और नानाजी मां के पास नहीं जाने देते। मैं आपके पास सोया करूंगी, पिताजी!'

शेखर सन्नाटे में रह गया।

बूढ़े ने शोमू को गोद में लेने की कोशिश की और कहा—

'आओ बेटी, अब पिताजी को जाने दो।'

'नहीं, मैं पिताजी के साथ जाऊंगी। मुझे अपने साथ ले चलिए पिताजी।'

शोमू जोर-जोर से रोने लगी। शेखर का दिल भर आया। उसने शोमू को सीने से लगाकर कहा—

'अच्छी बात है, चलो बेटी।'

'नहीं, लेकिन बेटे!' बूढ़े ने आश्चर्य से कहा।

'आप चिंता न कीजिए। शोमू रोजाना रात को मेरे साथ आया करेगी। वैसे भी शोमू का इस जगह से दूर रहना जरूरी है।'

बुढ़िया और बुड्ढा, दोनों सन्नाटे में खड़े रह गए।

शोमू को सीने से लगाए और एक हाथ में बैग लटकाए शेखर मकान से बाहर निकल आया।

◻◻
◻◻

ढोंगीलाल हड़बड़ाकर उठा और बिस्तर से छलांग लगाकर फर्श पर जा खड़ा हुआ। कुछ देर तक वह सीने पर हाथ रखकर लंबी-लंबी सांसें लेता रहा। उसके चेहरे पर भय की छाया थी।

कुछ देर बाद वह अपने कमरे से निकला और तेजी से मंजू के कमरे की ओर बढ़ा। उसने डरते-डरते मंजू के कमरे का दरवाजा खोला और अंदर झांका। मंजू का बिस्तर खाली था। ढोंगीलाल बड़बड़ाया—

'अरे, मंजू तो अपने घर गई है।'

तभी पीछे से शेखर की आवाज आई—

'क्या बात है ढोंगीलाल?'

ढोंगीलाल चौंककर मुड़ा और भयभीत स्वर में बोला—

'कुछ नहीं-कुछ नहीं।'

'मंजू के कमरे में क्या देख रहे थे?'

'मंजू को।'

'लेकिन मंजू तो मुंबई गई हुई है।'

'वह तो मुझे मालूम है।' ढोंगीलाल ने भर्राई हुई आवाज में कहा।

'फिर भी तुम उसके कमरे में झांक रहे हो?' शेखर ने ढोंगीलाल को घूरा।

'डॉक्टर साहब!' ढोंगीलाल आंसू पोंछते हुए बोला–

'क्या सचमुच मंजू पर भूत आता था?'

'नहीं तो।'

'तो क्या खुद भूतनी है?'

'नहीं तो, क्यों?'

'अगर वह भूतनी नहीं है, तो मेरे ऊपर क्यों सवार हो गई है?'

'क्या मतलब?'

'जब वह यहां थी, तो मुझे उस पर गुस्सा आता था। उससे डर लगता था, लेकिन जब से वह गई है, लगता है मेरे आगे-पीछे फिर रही है। अपने कमरे में है और मुझे घूरती हुई ही अपने कमरे से निकली है। रात को सोया तो रात-भर उसी को सपने में देखता रहा। रात साइकिलों की टक्कर से शुरू हुई और फिर छह बच्चों तक पहुंच गई।'

'क्या मतलब?'

ढोंगीलाल ने आंसू पोंछकर भारी आवाज में कहा–

'मैं और मंजू एक ही कॉलेज में पढ़ते हैं। वह अपनी क्लास की सबसे योग्य स्टुडेंट है और मैं अपनी क्लास का। हम दोनों कॉलेज साइकिलों पर आते-जाते हैं। एक दिन कॉलेज के गेट पर दोनों की साइकिलों की टक्कर हो जाती है। मंजू मेरे गाल पर चांटा मारती है। सीन चेंज होता है। मैं और मंजू एक बाग में गाना गा रहे हैं। एक अजनबी आ जाता है। मैं मार-मारकर उसका भुरता बना देता हूं। सीन चेंज हो जाता है। मुझे उस समय खुशी महसूस हो रही है, जब मेरे और मंजू के फेरे हो रहे हैं। फिर सुहागरात का सीन, फिर पहला बच्चा, दूसरा बच्चा, तीसरा, चौथा, पांचवां और फिर छठा– बच्चे मेरे पीछे-पीछे दौड़ रहे हैं। मुझे पुकार रहे हैं–पिताजी-पिताजी! हमें कपड़े चाहिए; स्लेट चाहिए; किताबें चाहिए, दूध चाहिए!'

तभी एक आवाज आई–

'पिताजी!'

ढोंगीलाल चीख मारकर शेखर से लिपट गया। सामने शोमू खड़ी थी।

ढोंगीलाल कांपती आवाज में बोला–

'नहीं-नहीं, अब और नहीं चाहिए।'

ढोंगीलाल जोर से चीखकर शेखर से लिपट गया।

'ऐ ढोंगीलाल!' शेखर उसे डांटते हुए बोला– 'होश में आओ और मंजू के सपने देखना छोड़ दो। वह मुंबई शादी करने गई है।'

'नहीं!' ढोंगीलाल की आवाज बैठ गई।

शोमू ने शेखर का हाथ पकड़कर कहा–

'यह कार्टून कौन है पिताजी?'

'बुरी बात है बेटी। यह अपने कंपाउंडर हैं–ढोंगीलाल अंकल। सॉरी बोलो।'

'सॉरी ढोंगी अंकल!'

'कोई बात नहीं।'

और फिर ढोंगीलाल आश्चर्य से बोला–

'अरे, यह तो सचमुच की लड़की है।'

'और क्या तुम झूठ-मूठ की समझ रहे थे?'

'अरे बाप रे! यह है कौन?'

'मेरी बेटी।'

शेखर ने शोमू को गोद में ले लिया।

ढोंगीलाल आंखें फाड़े उसे देखता रह गया।

❏❏
❏❏

मरीजों के आने का समय बीत चुका था। ढोंगीलाल काउंटर पर कुहनी टेके ठोड़ी पर मुट्ठी रखकर शून्य में कुछ घूर रहा था। शेखर किसी मरीज को देखने गया था। ढोंगीलाल की आंखों में बार-बार मंजू का चेहरा घूम जाता था। उसकी आंखें भीग गई थीं–

'तुम्हें किसी और की होना था, तो मेरे दिल में काहे को बसी थीं।' ढोंगीलाल बड़बड़ाया।

उसने आंसू पोंछे तो उसकी आंखों के आगे फिर मंजू का चेहरा उभर आया।

'तुम फिर आ गईं?' उसने भर्राई हुई आवाज में कहा।

'और कहां जाती?' चेहरे ने भर्राई आवाज में उत्तर दिया।

'काहे को आई हो?' ढोंगीलाल की आवाज बैठ गई।

'डॉक्टर साहब और तुमसे अपनी गलतियों की माफी मांगने।' चेहरे ने कहा।

'क्यों?'

'इसलिए कि मैं अब कभी वापस नहीं आऊंगी।'

'क्यों वापस नहीं आओगी?'

'मैं इस दुनिया से जा रही हूं।'

'मुझे भी साथ ले चलो।'

कहते-कहते ढोंगीलाल रो पड़ा। मंजू का चेहरा भी रोने लगा। ढोंगीलाल ने अपना चेहरा दोनों हाथों में छिपा लिया और मंजू ने भी। न जाने कितनी देर तक दोनों रोते रहे। दरवाजे के पास खड़ी शोमू को आश्चर्य हुआ, उन दोनों को रोते हुए देखकर।

तभी शेखर अंदर आया और मंजू को देखकर आश्चर्य से बोला–

'अरे मंजू! तुम-तुम कब आईं?'

'डॉक्टर साहब!' मंजू आगे कुछ न कह सकी और फूट-फूटकर रोने लगी।

सहसा ढोंगीलाल उछल पड़ा और जल्दी से बाहर आ गया– 'हायं! तुम तो सचमुच आ गईं!'

शेखर ने मंजू का कंधा पकड़कर पूछा–

'क्या बात है मंजू! तुम रो क्यों रही हो?'

'मैं लुट गई डॉक्टर साहब। मैं बर्बाद हो गई। मेरे जीने का आखिरी सहारा भी छिन गया।'

'क्या तुम बताने का कष्ट करोगी कि क्या हुआ?'

'उसने मेरे पहुंचने से पहले ही शादी कर ली।'

मंजू फूट-फूटकर रोने लगी। शेखर ने मंजू को तसल्ली दी– 'धीरज से काम लो मंजू।'

'कैसे धीरज से काम लूं डॉक्टर साहब। मैंने उसके लिए सारी दुनिया को ठुकरा दिया था, लेकिन उसने मेरा इंतजार नहीं किया।'

'मंजू! अगर उसका प्यार सच्चा होता, तो वह तुम्हारे गूंगी-बहरी हो जाने पर भी तुमसे शादी कर लेता। उसमें ही कमी है। अच्छा हुआ, जो वह तुम्हारे जीवन से निकल गया। अब उसे भूल जाओ।'

'कैसे भूल जाऊं डॉक्टर साहब?'

'मंजू! अब तुम्हें अपनी अपाहिज मां के लिए जिंदा रहना है।'

मंजू की सिसकियां धीमी पड़ने लगीं।

ढोंगीलाल मंजू को आशा भरी नजरों से देख रहा था।

शोमू ने उसके पास आकर कहा–

'यह कौन हैं पिताजी?'

मंजू चौंककर शोमू की ओर देखने लगी।

'बेटी! यह आंटी हैं।' शेखर ने कहा– 'तुम्हारी बुआ।'

शोमू मंजू को ध्यान से देखने लगी।

मंजू ने शोमू को आश्चर्य से देखते हुए पूछा–

'यह बच्ची कौन है डॉक्टर साहब?'

'यह मेरी बेटी है।'

शेखर ने शोमू को गोद में उठाया और अपने कमरे में चला गया।

मंजू ने ढोंगीलाल की ओर देखा और आश्चर्य से पूछा–

'कौन है यह बच्ची?'

'डॉक्टर साहब की बेटी।'

'क्या बकते हो? डॉक्टर साहब की तो अभी तक शादी भी नहीं हुई, फिर

बेटी कहां से आ गई। जिस दिन मैं यहां से गई थी, उस दिन तक तो यह यहां थी ही नहीं।'

'जिस दिन तुम गई थीं, उसी दिन-दिन छिपने के बाद यह आई थी। डॉक्टर साहब को पिताजी कहती है। रात को उन्हीं के पास सोती है। डॉक्टर साहब इसे बेटी कहते हैं। अपने हाथों से इसे सहलाते हैं, नहलाते-धुलाते हैं और कपड़े पहनाते हैं। इसके लिए ढेर सारे कपड़े मंगाए हैं शहर से।'

'ओहो!'

'और रात को जब सन्नाटा छा जाता है, डॉक्टर साहब इसे लेकर कहीं जाते हैं और लगभग दो घंटे बाद लौटते हैं।'

'कहां जाते हैं?'

'पता नहीं।'

'मैं तो चकित हुए बिना नहीं रह सकती।'

ढोंगीलाल ने कहा– 'लगता है डॉक्टर साहब किसी से इश्क करते हैं, यह उसी का फल है।'

'बकवास! डॉक्टर साहब बंबई के श्रीकांत जी की बेटी कृष्णा से प्रेम करते हैं। दोनों की सगाई हो चुकी है और बहुत जल्दी इन दोनों की शादी होने वाली है।'

'तो इसमें क्या है? तुम्हारे प्रेमी ने भी तो दूसरी शादी कर ली है।'

'शटअप!'

मंजू तेजी से अपने कमरे में चली गई।

☐☐
☐☐

शेखर जीप रोककर नीचे उतर आया। वह नलिनी की ओर देखकर मुस्कराते हुए बोला–

'आओ, नीचे उतर आओ नलिनी।'

नलिनी शेखर के हाथ का सहारा लेकर नीचे उतरी। लेकिन लड़खड़ाने के कारण वह शेखर के सीने से जा लगी। शेखर ने उसे जल्दी से अलग करना चाहा, लेकिन कुछ सोचकर रुक गया और मुस्कराकर बोला–

'देखो नलिनी! कितनी सुंदर जगह है।'

'हां, बहुत सुंदर है।' नलिनी धीरे से शेखर से अलग हो गई।

'अब मैं तुम्हें रोजाना यहां लाया करूंगा। धीरे-धीरे तुम्हारी सेहत बिलकुल ठीक हो जाएगी। तुम भागने-दौड़ने लगोगी।'

'आपकी इतनी-सी देखभाल से ही मेरी सेहत में कितना अंतर आ गया है। पहले तो मैं अपने आप बिस्तर पर बैठ भी नहीं पाती थी। अब तो चल-फिर

भी लेती हूं।'

फिर वह शेखर को ध्यान से देखते हुए बोली–

'आप अगर मेरी दवा-दारू भी न करते, तो मैं आपको देख-देखकर ही अच्छी हो जाती। भगवान ने मेरा सुहाग मुझे लौटा दिया, इससे बड़ा इलाज और क्या हो सकता है।'

शेखर ने नलिनी का हाथ थामकर धीरे-धीरे नदी की ओर बढ़ना शुरू कर दिया।

नलिनी ने अपना हाथ छुड़ा लिया और तेजी से चलती हुई बोली–

'देखिए! अब तो मैं तेज भी चल सकती हूं।'

शेखर नलिनी को देख रहा था। नलिनी तेजी से किनारे की ओर बढ़ती जा रही थी।

अचानक नदी के किनारे एक मंदिर में जोर-जोर से घंटे बजने लगे। नलिनी ठिठककर रुक गई। शेखर उससे कुछ दूर था। नलिनी के चेहरे का रंग उड़ गया और भयभीत नजरों से मंदिर की ओर देखने लगी।

फिर वह सहसा मुड़ी और भयभीत मुद्रा में शेखर की ओर भागी।

☐☐
☐☐

भागती हुई नलिनी शेखर से जा टकराई। शेखर ने उसे संभाल लिया। वह शेखर के सीने से लगकर कांपती हुई बोली–

'भगवान के लिए मुझे यहां से ले चलिए।'

'नलिनी! मंदिर का घंटा सुनते ही तुम्हें क्या हो जाता है? इसी तरह पहले दिन भी तुम मंदिर का घंटा सुनकर भागी थीं।' शेखर ने आश्चर्य से पूछा।

'न जाने मुझे क्या हो जाता है?' नलिनी शेखर से लिपटकर कांपती आवाज में बोली– 'मुझे ऐसा लगता है कि जैसे कोई मुझसे आपको छीन रहा हो। कोई आपको मुझसे दूर करने की कोशिश कर रहा हो।'

'यह तुम क्या कह रही हो नलिनी?'

'मैं सच कह रही हूं हरीश। मुझे यहां से ले चलो।'

शेखर ने उसे तसल्ली दी और उसको थामकर जीप की ओर बढ़ने लगा।

अचानक नलिनी ने शेखर की कमर में दोनों हाथ डालकर कांपते स्वर में कहा–

'हरीश बाबू! मुझे एक वचन दोगे?'

'कैसा वचन?'

'आप मुझे अपने से कभी अलग नहीं करेंगे।'

'नलिनी!' शेखर की आवाज कांप उठी।

97

'मैं नहीं जानती। कभी-कभी ऐसा लगने लगता है कि मुझे आपसे कोई अलग कर देगा।'

शेखर सन्नाटे में खड़ा रहा। उसक नजरें नलिनी के चेहरे पर जमी रहीं। उसे लगा; जैसे यह नलिनी नहीं कृष्णा है; जिसे वह बचपन से प्यार करता आया है, जिसके बिना उसकी अपनी जिंदगी अधूरी लगती थी।

पता नहीं वह कौन-सी शक्ति थी, जब शेखर मुंबई से रवाना हो रहा था, तो कृष्णा ने कहा था–

'ना जाने क्यों मुझे ऐसा लग रहा है, जैसे मुझे आपसे कोई अलग कर देगा।'

शेखर को लगा जैसे उसका दिल बैठता जा रहा है। उसकी आंखों के आगे कृष्णा का चेहरा नाच उठा।

❏❏
❏❏

बैलगाड़ी ज्यों-ज्यों हीरापुर के निकट पहुंचती जा रही थी, कृष्णा को अपना दिल बैठता हुआ मालूम हो रहा था। वह बार-बार अपने दिल को समझा रही थी–

'नहीं-नहीं, शेखर मुझे धोखा नहीं दे सकता। वह मुझसे प्यार करता है। हमारा प्यार अमर है। वह तीन वर्ष इंग्लैंड में रहकर भी नहीं बदला।'

अचानक उसके दिल के किसी कोने से आवाज आई–

'तो फिर हीरापुर आकर वह तुम्हारी ओर से इतना उदासीन क्यों हो गया है? तुम्हारे पत्रों के उत्तर हफ्तों के बाद देता है। उसने तो तुमसे वायदा किया था कि तुम महीने में एक बार उससे हीरापुर मिलने आया करोगी और वही शेखर तुम्हें हीरापुर आने से रोक रहा है। इसके पीछे क्या रहस्य है?'

दूसरे पल कृष्णा अपने दिल को समझाने लगी–

'नहीं, यह मेरा वहम है। उसने नई-नई प्रैक्टिस शुरू की है, जमने में अभी देर लगेगी। और छह महीने भी कोई लंबा समय होता है? प्यार करने वालों को तो छह पल भी छह साल मालूम होते हैं। मुझे अपने शेखर पर संदेह नहीं करना चाहिए। मेरा शेखर मुझे देखते ही फूल की तरह खिल उठेगा। मैं भी उसे खूब सताऊंगी। जब तक खूब खुशामद करा न लूंगी, बोलूंगी भी नहीं।'

बैलगाड़ी डाक बंगले के सामने से गुजरने लगी तो कृष्णा ने गाड़ीवान से पूछा–

'यह कौन-सी इमारत है?'

'बीबीजी! यह पहले डाक बंगला था। अब यह दवाखाना बन गया है।'

'दवाखाना? डॉ. शेखर यहीं प्रैक्टिस करते हैं?'

'हां बीबीजी!'

'अच्छा, गाड़ी यहीं रोक दीजिए।' कृष्णा ने गाड़ीवान से कहा।

गाड़ीवान ने गाड़ी रोक दी। वह आश्चर्य से बोला–

'लेकिन आप तो मुखिया जी के घर जा रही थीं, बीबीजी।'

'तुम मेरा सामान लेकर चलो। मेरे सिर में दर्द है, डॉक्टर साहब से दवा लेकर अभी आती हूं।'

'बहुत अच्छा बीबीजी।'

गाड़ीवान गाड़ी लेकर चला गया।

कृष्णा बंगले के फाटक की ओर बढ़ने लगी, तो उनका दिल जोर-जोर से धड़क रहा था।

वह सोच रही थी–

'मैं उसके सामने कैसे जाऊंगी? इतने दिनों बाद उनका सामना कैसे करूंगी?'

कृष्णा ने अपने आपको संभाला और डाक बंगले के फाटक तक पहुंच गई। फाटक पर काले रंग का बोर्ड लगा था, जिस पर सफेद अक्षरों में लिखा था– 'डॉ. शेखर, एम.बी.बी.एस.।'

कृष्णा ने झुककर नेम प्लेट चूम ली। उसके होंठों पर धूल लग गई। वह जल्दी-जल्दी होंठ पोंछने लगी। फिर साड़ी के पल्लू से नेम प्लेट साफ की और उसे देखकर मुस्कराने लगी।

फिर जैसे ही वह अंदर की ओर बढ़ी, उसके कानों में 'शी' की आवाज टकराई। कृष्णा ने चौंककर देखा। पांच-छह वर्ष की एक भोली-भाली सुंदर बच्ची होंठों पर उंगली रख कृष्णा को चुप रहने का इशारा कर रही थी।

बच्ची के हाथ में तितली का जाल था। वह धीरे-धीरे क्यारी में एक फूल की ओर बढ़ने लगी। फिर उसने एकदम जाल से तितली पर झपट्टा मारा, लेकिन तितली उड़ गई। बच्ची को ठोकर लगी और वह औंधे मुंह जा गिरी।

कृष्णा ने झपटकर बच्ची को उठा लिया।

बच्ची अपने घुटनों को झाड़ती हुई बोली–

'निशाना चूक गया।'

'कहीं चोट तो नहीं आई बेबी?' कृष्णा ने प्यार से पूछा।

'चोट तो आई है; लेकिन अगर तितली पकड़नी है, तो चोट तो खानी ही पड़ेगी।'

'तितली पकड़कर तुम क्या करती हो?'

थोड़ी देर उनके साथ खेलती हूं, फिर उड़ा देती हूं।' बच्ची ने बड़ी मासूमियत से कहा– 'पिताजी कहते हैं, किसी जानवर को दुःख नहीं देना चाहिए, क्योंकि उसे दुःख देना सबसे बड़ा पाप है।'

कृष्णा ने बच्ची का गाल थपथपाया।

'तुम तो बहुत प्यारी बच्ची हो।'

बच्ची ने कृष्णा को ऊपर से नीचे तक देखा और ठोड़ी पर हाथ रखकर बोली—

'बहुत-बहुत प्यारी तो आप भी हैं आंटी। लेकिन आप हैं कौन? क्या आपकी तबीयत खराब है? क्या आप डॉक्टर साहब को दिखाने आई हैं?'

'यही समझ लो, लेकिन तुम कौन हो? क्या तुम यहीं रहती हो?'

'यहां न रहती तो यहां तितलियां क्यों पकड़ती। यह तो मेरे पिताजी की डिस्पेंसरी है।'

'तुम्हारी पिताजी की।' कृष्णा ने आश्चर्य से कहा।

'और क्या? शायद आप पहली बार यहां आई हैं।'

'तुम्हारे पिताजी का नाम क्या है?'

'मेरे पिताजी का नाम फाटक पर लगे बोर्ड पर लिखा है—डॉ. शेखर।'

कृष्णा को लगा जैसे ढेर सारे बम उसके चारों ओर एक साथ फट गए हों। जैसे किसी ने उसे पहाड़ की चोटी से समुद्र की गहराई में फेंक दिया हो। उसकी आंखें आश्चर्य से फटी रह गईं।

बच्ची उसे देखती रही, फिर हाथ पकड़कर बोली—

'आंटी! आप किस सोच में डूब गईं?'

कृष्णा चौंक पड़ी। उसने ध्यान से बच्ची को देखा और कांपते स्वर में बोली—

'तुम झूठ तो नहीं बोल रही हो?'

'भला मैं झूठ क्यों बोलूंगी आंटी? पिताजी कहते हैं कि झूठ बोलने वाले से भगवान रूठ जाते हैं।'

कृष्णा को लगा जैसे उसके पांव तले से धरती खिसकती जा रही है।

'तो यह कारण है मुझे यहां आने से रोकने का। इसलिए इंग्लैंड से लौटकर इस वीरान और उजाड़ गांव में डिस्पेंसरी खोली गई है। शेखर, तुम मुझे इतना बड़ा धोखा दोगे, मैंने सपने में भी नहीं सोचा था।'

कृष्णा की आंखें भीगने लगीं। बच्ची ने कृष्णा का हाथ थामकर कहा—

'आंटी! आप फिर कुछ सोचने लगीं।'

'ऐं—नहीं-नहीं, तो।' कृष्णा ने जल्दी से हाथ छुड़ाकर कहा।

'तो फिर अंदर चलकर बैठिए ना।' पिताजी एक मरीज को देखने गए हैं। नर्स आंटी और कंपाउंडर अंकल भी उनके साथ गए हैं।'

'नहीं बेटी, मैं चलती हूं, फिर आऊंगी।'

'लेकिन आंटी, आपको पिताजी से क्या काम था?'

'कोई काम नहीं था बेटी। सिर दर्द हो रहा था, सोचा कोई गोली ले लूंगी।'

'गोली?' बच्ची ने चुटकी बजाकर कहा– 'ठहरिए। मैं अभी लाती हूं।'

कृष्णा के मना करने पर भी बच्ची दौड़कर अंदर चली गई और थोड़ी देर बाद एक गोली और एक गिलास पानी लेकर आ गई।

'लीजिए आंटी, यह नॉवलजिन की गोली है, पानी से ले लीजिए। अभी दर्द जाता रहेगा।'

बच्ची की जिद् पर कृष्णा ने गोली ले ली। फिर बच्ची के सिर पर हाथ फेरकर प्यार से बोली–

'थैंक्स बेबी! तुम बहुत अच्छी हो। नाम क्या है तुम्हारा?'

'मेरा नाम शोमू है।'

'क्या तुम्हारी मां भी यहां रहती हैं?'

'जी नहीं, मेरी मां यहां से बहुत दूर रहती हैं।'

'बहुत दूर कहां?'

'वह उधर–वहां जो आमों का बाग है, जो दूर दिखाई दे रहा है। उसके पीछे एक पुराना किला है, उसमें रहती हैं।'

'लेकिन वह इतनी दूर क्यों रहती हैं? तुम्हारी पिताजी के साथ क्यों नहीं रहतीं?'

'वह बीमार हैं।'

'क्या बीमारी है उन्हें?'

'नानाजी और नानीजी का कहना है कि उन्हें टी.बी. हो गई है।'

'ओह!' कृष्णा ने आश्चर्य से कहा।

'इसलिए नानीजी और नानाजी मुझे मां के पास रहने नहीं देते। मैं यहां पिताजी के पास रहती हूं। रात को पिताजी मुझे मां के पास थोड़ी देर के लिए ले जाते हैं।'

'लेकिन वह इतनी बीमार क्यों हो गई?'

'इसलिए कि पिताजी मां को छोड़कर चले गए थे। मां और नानाजी समझते थे कि पिताजी भगवान को प्यारे हो गए।'

'ओह! तुम्हारी मां पिताजी को बहुत प्यार करती होंगी?'

'हां, बहुत करती हैं। जब पिताजी नहीं मिले थे तो उन्हें रोजाना याद करती थीं।'

'और तुम्हारे पिताजी?'

'वह भी मां को बहुत प्यार करते हैं। रोजाना मां को दूर तक घुमाने ले जाते हैं।'

कृष्णा को लगा जैसे उसका दिल बैठता जा रहा है। उसने अपनी रुलाई

रोकने के लिए बड़ी सख्ती से अपने होंठ भींच लिए।

शोमू कृष्णा का हाथ पकड़कर बोली—

'आप मेरे पिताजी से नहीं मिलेंगी आंटी?'

'नहीं बेटी, अभी नहीं, फिर कभी आऊंगी।'

'आपका नाम क्या बताऊं?'

'बेटी! वह तो हमें जानते ही नहीं, नाम से क्या पहचानेंगे।'

'आप पहले कभी नहीं मिलीं पिताजी से?'

'नहीं बेटी।'

'तब तो आप जरूर मिलिए, बहुत अच्छे हैं मेरे पिताजी।'

'पहले तो हम तुम्हारी मां से मिलेंगे।'

'मां को जानती हैं आप?'

'नहीं, लेकिन जब तुम इतनी अच्छी हो तो तुम्हारी मां भी बहुत अच्छी होंगी।'

'मेरी मां बहुत अच्छी हैं आंटी। आप उनसे मिलेंगी तो आपको बहुत अच्छा लगेगा। मैं किसी दिन आपको मां के पास ले चलूंगी।'

'लेकिन बेटी! अपने पिताजी को मत बताना।'

'क्यों आंटी?'

'अगर तुम हमें आंटी मानती हो तो हमारी बात मान लो।'

'मैं पिताजी को नहीं बताऊंगी, लेकिन मुझे उस जगह का रास्ता तो मालूम नहीं, जहां मां रहती है।'

'तुम्हारे पिताजी तुम्हें कब ले जाते हैं मां के पास?'

'रात को खाना खाने के बाद।'

'अच्छी बात है। तुम चिंता मत करो। मैं खुद रास्ता देख लूंगी।'

कृष्णा ने प्यार से शोमू के सिर पर हाथ फेरकर कहा—

'अच्छा बेटी। हम चलते हैं, फिर मिलेंगे।'

कृष्णा तेजी से डाक बंगले से निकल आई और गांव की ओर बढ़ने लगी। लेकिन उसे अपने कदम मन-मन भर के मालूम हो रहे थे। जी चाह रहा था कि फूट-फूटकर रोने लगे।

मुखिया ने कृष्णा की ओर देखते हुए कहा—

'बेटी! हमने पहचाना नहीं?'

'मैं श्रीकांत जी की बेटी हूं।'

'कृष्णा!' मुखिया जी ने आश्चर्य से कहा— 'अरे तुम इतनी बड़ी हो गई

बेटी?'

मुखिया ने प्यार से कृष्णा को कहा—

'तुमने अपने आने की खबर तक नहीं की बेटी?'

'जी, मैं बिना खबर किए ही आना चाहती थी।'

कहते-कहते कृष्णा रो पड़ी।

मुखिया जी ने उसे तसल्ली देते हुए कहा—

'रो मत बेटी। हमें मालूम है कि तुम को क्या कष्ट है। क्या तुम डाक बंगले की ओर से होकर आई हो?'

'जी हां।'

'शेखर मिला था?'

'जी नहीं।'

'तो फिर वह बच्ची मिली होगी, जो शेखर को अपना पिताजी कहती है।'

'हां चाचाजी! आपको सारी बातें मालूम थीं, तो आपने पिताजी को क्यों नहीं लिखा?'

'बेटी! मैंने अभी तक केवल सुना था। कुछ दिनों से बीमार था, इसलिए बाहर नहीं निकल पाया। मैंने उस बच्ची को देखा है, लेकिन अभी तक वास्तविकता मालूम नहीं हुई। पता नहीं वह औरत कौन है, जिसने शेखर को इतनी जल्दी फांस लिया है।'

'वह शेखर की पत्नी ही है। उसकी बेटी ने यही बताया है कि शेखर ने उसे छोड़ दिया था, इसलिए वह बीमार हो गई थी। शेखर उसे अब बहुत प्यार करता है। अपनी बेटी से बहुत प्यार करता है। इसलिए तो शेखर ने इतने दिन तक मुझे यहां आने से रोके रखा था।'

'तुम चिंता मत करो बेटी। बहुत जल्दी दूध का दूध और पानी का पानी हो जाएगा। अगर शेखर ने सचमुच तुम्हें धोखा दिया है, तो मैं उसकी डिस्पेंसरी बंद करा दूंगा। हीरापुर की हद में भी न रहने दूंगा। मैंने अपने बेटे से कहा है, वह सारी बातें मालूम करके बहुत जल्द मुझे बता देगा।'

रात के लगभग दस बजे थे। अंधेरी रात थी। कृष्णा शेखर के पीछे-पीछे चली जा रही थी। शोमू को गांद में लिए शेखर पुराने किले की ओर बढ़ रहा था। शोमू शेखर से पूछ रही थी—

'पिताजी! अब मेरी मां कैसी हैं?'

'बेटी! तुम्हारी मां अब लगभग ठीक हो चुकी हैं।'

'तो फिर मैं मां के पास कब सोऊंगी?'

'कुछ दिन और रुक जाओ बेटी। हम उन्हें शहर में ले जाएगे और उनकी पूरी-पूरी जांच कराएंगे। फिर तुम ठाठ से अपनी मां के पास सोया करना।'

'फिर आप मां को भी यहां ले आएंगे?'

'हां बेटी! हम उन्हें भी यहीं ले आएंगे।'

'फिर आप मां को छोड़कर कभी नहीं जाएंगे।'

कृष्णा ने होंठ कसकर भींच लिए और आंसू रोकने की कोशिश करने लगी।

थोड़ी देर बाद शेखर एक मकान के दरवाजे पर दस्तक देने लगा। कृष्णा अंधेरे में एक ओर छिप गई।

□□
□□

कृष्णा काफी दूर कीकर की झाड़ के पीछे छिपी हुई थी। वह शेखर और नलिनी को देख रही थी, जिनका पीछा करती हुई वह नदी के किनारे तक पहुंच गई थी। आज शेखर और नलिनी पैदल आए थे। नलिनी आज बहुत खुश दिखाई दे रही थी।

नदी किनारे पहुंचकर उसने एक चक्कर काटा और फिर शेखर के हाथों में हाथ डालकर उसकी आंखों में देखती हुई बोली—

'अब मैं बिलकुल ठीक हूं न?'

'हां नलिनी! अब तुम बिलकुल ठीक हो।'

'मुझे फाइनल चैकअप के लिए शहर कब ले चलेंगे?'

'दो-चार दिन और ठहर जाओ।'

'फिर मुझे आपसे दूर तो नहीं रहना पड़ेगा?'

'नहीं नलिनी! फिर तुम्हें मुझसे दूर नहीं रहना पड़ेगा।'

'मेरे स्वामी!'

नलिनी शेखर की कमर में हाथ डालकर शेखर के सीने से लग गई। कृष्णा का जी चाहा कि दौड़कर जाए और नलिनी को नदी में धकेल दे, लेकिन फिर वह पलटकर गांव की ओर चल पड़ी।

□□
□□

सिविल अस्पताल के बड़े-बड़े डॉक्टर नलिनी का चैकअप कर रहे थे। उनके साथ शेखर भी था। चैकअप के लिए नलिनी को दूसरे कमरे में भेज दिया गया था।

शेखर ने डॉक्टरों से पूछा—

'आप लोगों की क्या राय है? क्या नलिनी को बीमारी से पूरी तरह छुटकारा मिल चुका है?'

'अब बीमार के फेफड़ों पर हल्का-सा भी दाग नहीं है।' एक डॉक्टर ने कहा– 'लेकिन यह मत समझो कि तुमने मरीज को हमेशा के लिए इस घातक रोग के पंजों से निकाल लिया है।'

'क्या मतलब?' शेखर चौंक पड़ा।

'बीमार को दवाओं की अपेक्षा तुम्हारी निकटता से अधिक लाभ पहुंचा है। अगर इसके दिल को कभी जरा-सी भी ठेस पहुंची तो यह दोबारा बीमार पड़ जाएगी। इस बीमारी से हमेशा के लिए दूर रखने का एक ही उपाय है कि इसे हमेशा खुश रखा जाए। किसी भी तरह का दु:ख इसे न दिया जाए।'

शेखर चुपचाप खड़ा सुनता रहा।

थोड़ी देर बाद वह नलिनी के साथ जीप में सवार होकर चल पड़ा। उसके मस्तिष्क में विचित्र-सा तूफान उठ रहा था। कभी-कभी जी चाहता था कि जीप कृष्णा की कोठी की ओर मोड़ दे।

लेकिन उसकी जीप हीरापुर की ओर बढ़ती रही।

□□
□□

कृष्णा का चेहरा सूजा हुआ था। आंखों की पोरें सूजी हुई थीं। होंठ सूख रहे थे। वह बिस्तर पर चुपचाप लेटी हुई थी।

अचानक मुखिया जी को आते देखकर वह जल्दी से उठकर बैठ गई। मुखिया की कृष्णा पर नजर पड़ते ही आवाज आई–

'तुम्हारी तबीयत कैसी है बेटी?'

'जी, ठीक है।'

'यह तो मैं देख ही रहा हूं कि तुम कितनी ठीक हो। तुम कहो तो शेखर को बुलाकर बात करूं।'

'नहीं चाचाजी, उनसे बात करने से अब कोई लाभ नहीं।'

'कम-से-कम झूठे को घर तक तो पहुंचाना चाहिए।'

'अगर उन्हें अपनी गलती का अहसास होता, तो वह मेरे साथ इतना बड़ा धोखा न करते।'

'क्या बताऊं बेटी, मैंने बेटे को इसलिए काम से बाहर भेज दिया है। अगर उसे पता चल जाता कि शेखर तुम्हारे साथ इतना बड़ा अन्याय करेगा, तो वह शेखर को एक मिनट भी चैन से नहीं बैठने देता।'

'मुझे मेरे हाल पर छोड़ दीजिए चाचाजी। मेरे भाग्य में अगर आंसू ही लिखे हैं, तो यही सही।'

'लेकिन बेटी, कब तक बहाओगी ये दु:ख के आंसू?'

'चाचाजी! अब तो जीवन-भर का रोना है। आप मेरे जाने का इंतजाम कर

दीजिए। मैं आज ही जाऊंगी। मैं अब यहां एक पल भी नहीं रहना चाहती।'

'अच्छी बात है बेटी।'

मुखिया जी उठकर चले गए।

कृष्णा घुटनों में मुंह छिपाकर रोने लगी।

बैलगाड़ी के डाक बंगले के पास से गुजरते समय फाटक पर शोमू खड़ी दिखाई दी। कृष्णा को देखते ही उसने पुकारा—

'आंटी-आंटी! क्या आप जा रही हैं?'

कृष्णा ने गाड़ी रुकवाई और उतरकर शोमू के सिर पर हाथ फेरती हुई बोली— 'हां बेटी, हम जा रहे हैं।'

'इतनी जल्दी?'

'हां बेटी! हमारा यहां जी नहीं लगा।'

'आप मेरे पास तो आईं ही नहीं, वरना आपका जी जरूर लग जाता।'

'अब फिर आएंगे, तो तुम्हारे पास जरूर आया करेंगे।' कृष्णा से बर्दाश्त न हो सका। उसने झिझकते-झिझकते पूछ ही लिया—

'तुम्हारे पिताजी कहां हैं?'

'मां को लेकर शहर गए हैं।'

'अच्छा।'

'हां आंटी, आज मेरी मां बिलकुल अच्छी हो जाएंगी। फिर मैं मां के पास सोया करूंगी। पिताजी मां को यहीं ले आएंगे। मैंने लड्डू मंगाकर रखे हैं मां के अच्छा होने की खुशी में। ठहरिए मैं आपके लिए लड्डू लाती हूं।'

शोमू दौड़कर अंदर चली गई।

कृष्णा की आंखें भीग गईं।

शोमू अभी लौटी भी न थी कि शेखर की जीप फाटक के पास आकर रुक गई। कृष्णा का दिल धक् से रह गया। जीप में से शेखर और नलिनी उतरे। जैसे ही शेखर की नजर कृष्णा पर पड़ी, वह सन्नाटे में खड़ा रह गया। कृष्णा को ऐसा लगा, जैसे उसके पूरे बदन में भूचाल आ गया है।

नलिनी शोमू को देखकर शेखर के पीछे से आगे आई। वह ध्यान से कृष्णा को देख रही थी।

अचानक शोमू अंदर से दौड़ती हुई आई और नलिनी को देखकर चिल्ला उठी— 'मां...मां...!'

'शोमू...मेरी बच्ची!'

नलिनी ने झपटकर शोमू को उठा लिया और उसे चूमने लगी।

शोमू ने नलिनी का चेहरा देखकर कहा—

'मां! तुम बिलकुल ठीक हो गईं मां?'

'हां बेटी।'

'अब तुम मुझे छोड़कर तो नहीं जाओगी। मैं तुम्हारे पास ही सोऊंगी।'

'हां बेटी! अब तुम मेरे साथ ही सोया करना।'

नलिनी की आंखें भीगी हुई थीं।

कृष्णा तेजी से गाड़ी की ओर बढ़ने लगी। शोमू ने जल्दी से पुकारा—

'आंटी-आंटी! ठहरिए आंटी!'

कृष्णा ठिठककर रुक गई।

शोमू नलिनी के गोद से उतरी और कृष्णा की ओर बढ़ती हुई बोली—

'आंटी! लड्डू खाकर जाइए। मेरी मां अब बिलकुल ठीक हो गई हैं।'

कृष्णा ने डबडबाती आंखों से लड्डू लिए। तभी नलिनी ने पास आकर शोमू से पूछा— 'यह कौन हैं बेटी?'

'मां! यह आंटी हैं। और आंटी, यह मेरी मां हैं।'

फिर शोमू शेखर की ओर मुड़कर बोली—

'और आंटी, यह मेरे पिताजी हैं।'

शेखर ने बड़ी कठिनाई से हाथ जोड़कर कांपते स्वर में कहा— 'नमस्ते!' और फिर वह तेजी से अंदर चला गया।

नलिनी ने कृष्णा से कहा—

'आओ बहन, थोड़ी देर बैठो, फिर चली जाना।'

'नहीं बहन, मेरी ट्रेन का समय हो रहा है।'

कृष्णा तेजी से गाड़ी की ओर बढ़ गई।

गाड़ी चल दी तो शोमू ने आगे बढ़कर जोर से पूछा—

'फिर कब मिलोगी आंटी?'

'जल्दी ही आऊंगी बेटी।'

'टा-टा आंटी।'

'टा-टा!'

कृष्णा ने हाथ हिलाया। उसकी आंखों से आंसू बहने लगे। वह रोती रही। बैलगाड़ी चलती रही।

कृष्णा को लग रहा था कि बंगले की एक खिड़की से शेखर उसे देख रहा था। शेखर को लग रहा था, जैसे उसका दिल कृष्णा की ओर खिंचता चला जा रहा है। उसका दिल कह रहा था—

'मत जाओ कृष्णा। मुझे छोड़कर मत जाओ।'

☐☐

गाड़ी कुछ देर में ही काफी दूर पहुंच चुकी थी और दूर से धूल उड़ती दिखाई दी। गाड़ीवान ने धूल की ओर देखते हुए कहा—

'वह आ गए छोटे मुखिया।'

कृष्णा चौंक पड़ी।

'छोटे मुखिया?'

'हां बीबीजी, अपने मुखियाजी के बेटे।'

कृष्णा ने जल्दी से आंसू पोंछ लिए।

थोड़ी देर बाद एक घोड़ा आकर गाड़ी के पास रुक गया। फिर जैसे ही कृष्णा की नजर जसपाल पर पड़ी तो उसे ऐसा लगा, जैसे किसी ने उसके सिर पर बम मारा हो। जसपाल भी भौंचक्का-सा उसे देख रहा था। फिर उसने आश्चर्य से पूछा—

'तुम कब आई कृष्णा?'

'कई दिन हो गए।' कृष्णा ने भारी आवाज में कहा।

'वापस जा रही हो?'

'हां।'

कृष्णा की आंखें भीग गईं।

'मैं समझ गया। शायद तुम्हें शेखर की बेवफाई का पता चल गया है।'

'उस धोखेबाज का मेरे सामने नाम मत लो।'

'नहीं कृष्णा, एक देवता का नाम इतनी घृणा से मत लो।'

'वह देवता है, जिसने मेरे जीवन में आग लगा दी है।'

'हां कृष्णा, जब तुम्हें सच्चाई का पता चलेगा तो तुम स्वयं ही यह कह दोगी कि शेखर देवता ही नहीं उससे भी ऊपर है।'

कृष्णा भौंचक्की-सी जसपाल की ओर देखने लगी।

'मैं तुम्हें सब कुछ बता दूंगा। तुम बस आज और रुक जाओ।'

जसपाल के आग्रह पर कृष्णा गाड़ी से उतर आई।

जसपाल ने गाड़ीवान को सामान समेत वापस गांव भेज दिया।

जब गाड़ी आंखों से ओझल हो गई तो कृष्णा ने मंदिर की ओर देखा, जिसके पीछे सूर्य की स्वर्णमयी किरणें शुरू हो रही थीं। चारों ओर गहरा सन्नाटा छाया हुआ था। आमों का बाग भी सुनसान पड़ा था।

कृष्णा कुछ भयभीत होकर जसपाल की ओर देखने लगी।

जसपाल के होंठों पर फीकी-सी मुस्कराहट फैल गई। वह घोड़े से उतर आया और कृष्णा की ओर देखकर बोला—

'डरो मत कृष्णा। अब जसपाल वह नहीं है, जिसने चाइना पीक पर तुम्हें

पाने की जबर्दस्ती कोशिश की थी, जिसने शेखर के संबंध में तुम्हारे मन में गलतफहमी पैदा करने की कोशिश की थी। मैंने यह सब इसलिए किया था कि मैं तुम्हें प्यार करता था। लेकिन शेखर के प्यार की सच्चाई ने मुझे पराजित कर दिया। मैं सब कुछ छोड़कर इस वीरान गांव में चला आया। मैंने कसम खाई कि अब कभी शहर नहीं जाऊंगा।

'उन्हीं दिनों शेखर यहां आ गया। उसने डिस्पेंसरी खोल दी। शेखर को देखकर मेरे मन में एक बार फिर बदले की आग भड़क उठी थी और मैंने निश्चय कर लिया था कि शेखर से बदला लेकर रहूंगा, लेकिन शेखर के सद्व्यवहार ने मेरे सारे विचार बदल दिए। मेरा वश चले तो मंदिर में से भगवान की मूर्ति हटाकर शेखर की मूर्ति रख दूं और रात-दिन उसकी पूजा करता रहूं।'

कृष्णा चुपचाप खड़ी सुनती रही।

जसपाल ने कृष्णा की ओर देखा।

कृष्णा ने कांपते स्वर में कहा—

'तो मैं शेखर को गलत समझ रही थी?'

'हां कृष्णा, वह बच्ची शेखर के बड़े भाई हरीश की बेटी है और नलिनी हरीश की पत्नी है। मेरी अभागिन बहन, जिसने प्यार में धोखा खाया, फिर अपना सुहाग खो बैठी और अब पिताजी के क्रोध का शिकार होकर खंडहरों में पड़ी है। हरीश को खोने के बाद नलिनी को टी.बी. हो गई।

'मेरी मासूम भांजी शोमू, तुमने उसे देखा ही है, कितनी भोली है। उसने पहली बार शेखर के रूप में पिता को पाया है। वह पिताजी को पाकर कितनी खुश है, तुमने देखा ही होगा। क्या शेखर महान नहीं है कि उसने एक मासूम बच्ची को पिता का साया और एक अभागिन को नई जिंदगी दी। आज नलिनी रोग से छुटकारा पा गई है तो शेखर के बलिदान से। शोमू के होंठों को जो मुस्कराहट मिली है, शेखर की मुस्कराहट है। मेरी बहन नलिनी, जिसकी शादी हरीश के साथ एक मंदिर में हुई थी, जिसका कोई गवाह नहीं है। जब वह मां बनने वाली थी, तो पिताजी ने उसे घर से निकाल दिया था। पिताजी और दुनिया वाले समझते हैं कि नलिनी ने नदी में कूदकर आत्महत्या करके गांव की इज्जत बचा ली। अब अगर शेखर नलिनी को पति की हैसियत से अपना लेगा, तो नलिनी को समाज में स्थान मिल जाएगा।'

जसपाल की आंखें भर आईं। उसने हाथ जोड़कर कहा—

'कृष्णा! मैंने तुम्हें सारी बातें इसलिए बताई हैं कि मैं एक देवता का अपमान होते हुए नहीं देख सकता। मैं जानता हूं कि शेखर तुम्हें कुछ नहीं बता पाया होगा। मैं तुमसे अपनी बहन की नई जिंदगी की खुशियों की भीख मांगता हूं। मैं जानता हूं कि तुम बचपन से ही शेखर को प्यार करती हो। उस पर तुम्हारा अधिकार

अधिक है। कृष्णा! मैं तुम्हें अपने दिल की गहराइयों से प्यार करता हूं। मैं तुम्हारे दिल को ठेस नहीं पहुंचाना चाहता। मेरी मासूम भांजी और अभागिन बहन के भाग्य में अगर सुख नहीं हैं, तो कोई बात नहीं। मैं स्वयं नलिनी को जाकर बता दूंगा कि शेखर उसका पति हरीश नहीं है।'

जसपाल ठंडी सांस लेकर घोड़े की ओर बढ़ने लगा।

कृष्णा हाथ उठाकर कांपते स्वर में बोली— 'ठहरो जसपाल। अब तक मैं शेखर को गलत समझती रही थी; लेकिन तुमने जो कुछ बताया है, उससे शेखर एक देवता से भी अधिक महान बन गया है। मैंने मासूम शोमू को देखा है, जो शेखर को पिता समझकर उसे बहुत ज्यादा प्यार करती है। मैंने अभागिन नलिनी को भी देखा है, जिसने शेखर को पति समझकर नया जीवन पाया है। शेखर कितना महान है, जो अपने प्यार की बलि लेकर एक अभागिन को नया जीवन और एक मासूम बच्ची को उज्ज्वल भविष्य दे रहा है। जसपाल! अगर शेखर इतना बड़ा त्याग कर सकता है, तो मैं भी इतनी पत्थर दिल नहीं हूं कि अपने प्यार के लिए एक अभागिन स्त्री का जीवन और एक मासूम बच्ची का भविष्य नष्ट कर दूं।'

'कृष्णा!' जसपाल की आवाज खुशी से कांप उठी।

'हां जसपाल; नलिनी, शोमू और शेखर के बीच अब कोई दीवार खड़ी नहीं होगी। शेखर नलिनी को पत्नी के रूप में अपनाएगा। शोमू उसकी बच्ची कहलाएगी।'

'तुम सच कह रही हो कृष्णा?' जसपाल ने कांपते स्वर में कहा— 'तुम सचमुच देवी हो कृष्णा।'

जसपाल की आंखें भीग गईं।

कृष्णा ने कहा—

'और तुम आज ही चाचाजी से पत्र लिखवाओ कि डैडी और मम्मी फौरन गांव चले आएं।'

'क्यों?'

'मैं अब इस गांव से वापस नहीं जाऊंगी। तुम्हारे साथ शादी करके यहीं रहूंगी।'

'कृष्णा!'

जसपाल की आंखें आश्चर्य से फट गईं।

'नहीं कृष्णा, यह नहीं होगा।'

'क्यों नहीं होगा?'

'मैं तुमसे प्यार जरूर करता हूं, लेकिन शेखर के त्याग और बलिदान ने मेरी आंखें खोल दी हैं। प्यार तो वास्तव में त्याग और बलिदान का ही दूसरा नाम है।

शेखर ने मुझे जीत लिया है। तुम शेखर से प्यार करती हो। मैं जबर्दस्ती तुमसे शादी करके पाप नहीं करना चाहता।'

'तुम गलत समझ रहे हो जसपाल। यह बात कहकर तो तुम मेरी नजरों में शेखर से भी महान बन गए हो। मैं जान गई हूं कि तुम्हारे मन में मेरे लिए कितना प्यार है। मैं अपनी खुशी से शादी करूंगी। केवल इसलिए कि अगर शेखर को यह पता चले कि मैंने उसके प्यार में शादी नहीं की और मैं अब भी उससे प्यार करती हूं, तो उसके कदम डगमगा जाएंगे और अगर वह सब कुछ नलिनी को बता बैठा तो नलिनी और शोमू का क्या होगा?'

'कृष्णा!'

'मैं जो कुछ कह रही हूं, अपनी खुशी से। अगर मैं शेखर की आंखों के आगे तुम्हारी पत्नी बनकर रही तो शेखर को मुझसे घृणा हो जाएगी। धीरे-धीरे उसके दिल से मेरा प्यार मिट जाएगा। फिर वह पूरी तरह नलिनी का पति बन जाएगा।'

'लेकिन क्या तुम शेखर का प्यार दिल से निकाल सकोगी?'

'तुम मुझसे प्यार करते हो। तुम्हें यह भी मालूम है कि मैं शेखर से प्यार करती हूं। क्या तुम्हें अपने प्यार पर भरोसा नहीं है कि तुम्हारी पत्नी बन जाने के बाद मेरा प्यार तुम जीत सको। मैं भारतीय नारी हूं, जिस दिन तुम्हारे साथ विवाह हो जाएगा, उस दिन के बाद मुझसे किसी दूसरे पुरुष के बारे में सोचा भी नहीं जा सकेगा।'

कृष्णा को देखता हुआ जसपाल भौंचक्का रह गया।

❑❑
❑❑

शेखर की आंख खुली तो उसका सिर भारी था और आंखों की पोरें सूजी हुई थीं। सारी रात करवटें बदलते बिताई थी। उसके शरीर में काफी तनाव था। उसने सुबह के आसपास थोड़ी-सी नींद ली थी। शोमू नलिनी के पास सोने चली गई थी।

शेखर ने शाम को सुना था कि बाबूजी और मांजी शहर से आ गए हैं और मुखिया जी के यहां ठहरे हुए हैं। वे लोग शेखर से मिलने नहीं आए थे। शेखर जानता था कि शोमू की बात सारे गांव में फैल चुकी है। वह बात मांजी और बाबूजी को भी मालूम हो गई होगी।

शेखर का मन बार-बार चाहता कि कृष्णा के पास जाकर सारी बातें उसे बता दे, लेकिन हर बार उसकी आंखों के आगे शोमू का मासूम चेहरा आकर उसे रोक देता था।

शेखर उठकर बाथरूम में चला गया। उसका मन किसी भी काम में नहीं

लग रहा था। जी चाहता था कि सब कुछ छोड़कर ऐसी जगह चला जाए, जहां कोई उसे डिस्टर्ब करने वाला न हो।

वह कपड़े बदलकर डिस्पेंसरी पहुंचा तो उसने मेज पर एक कार्ड देखा। उसने कार्ड उठाकर पढ़ा, तो उसे लगा जैसे किसी ने उसके सिर पर बम दे मारा हो। उसका समूचा बदन हिलकर रह गया। यह जसपाल और कृष्णा की शादी का कार्ड था। आज रात को ही विवाह होने वाला था। कृष्णा का चेहरा उसकी आंखों में घूम गया। कृष्णा, जिसे उसने बचपन से प्यार किया था, जिसके बिना उसने जीवन का कोई सपना न देखा था। वही कृष्णा आज हमेशा के लिए उससे दूर हो रही थी। जसपाल की पत्नी बनने जा रही थी।

'क्या! मैं कृष्णा के बिना जिंदा रह सकूंगा?' शेखर ने अपने आपसे पूछा। 'नहीं, मैं अभी जाकर सब कुछ बता दूंगा बाबूजी को, मां जी को और कृष्णा को भी।'

सहसा उसकी नजरें सामने खड़े जसपाल पर पड़ीं। जसपाल के होंठों पर फीकी मुस्कराहट थी। उसने धीरे से कहा—

'मैं जानता था कि इस कार्ड को देखकर तुम्हारा क्या हाल होगा, लेकिन यह निर्णय मेरा नहीं, कृष्णा का है। उसने जो कुछ देखा है। यही समझा है कि तुमने उसे धोखा दिया है, इसलिए वह मुझसे शादी करने जा रही है। हालांकि मैंने शादी का विरोध किया है, क्योंकि मैं जानता हूं कि तुमने कृष्णा को धोखा नहीं दिया है। तुम महान हो, एक देवता से भी अधिक महान।'

'मैं इसलिए तुम्हारे पास आया हूं कि अभी विवाह में बहुत देर है, अगर तुम कृष्णा के बिना नहीं रह सकते, तो चलो मैं अभी कृष्णा और उसके मम्मी-डैडी को सारी बातें साफ-साफ बताए देता हूं और शादी रुकवाए देता हूं।'

'हां जसपाल! मैं कृष्णा के बिना जिंदा नहीं रह सकता।' शेखर ने कांपते स्वर में कहा।

जसपाल के होंठों पर फीकी-सी मुस्कराहट फैल गई। उसने भारी आवाज में कहा—

'मैं जानता था शेखर, बचपन का प्यार भुलाना कठिन है। यह देवता और फरिश्तों का युग नहीं है। अच्छा हुआ कि तुम्हें अपनी भूल का अहसास हो गया। अगर यह अहसास मेरे साथ कृष्णा की शादी के बाद या मेरी बहन को आपकी पत्नी बनाने के बाद होता तो क्या होता? मेरी बहन के भाग्य में शायद खुशी है ही नहीं। उसे जब यह मालूम होगा कि तुम उसके पति नहीं हो, तो वह उसी पल मर जाएगी। मैं भी यही चाहूंगा कि वह मर जाए। रह गई मेरी मासूम भांजी शोमू—उसका भविष्य तो नष्ट हो ही जाएगा। बाप का साया सिर से हट ही चुका है। मां का साया भी हट जाएगा और समाज उसे अवैध संतान मानकर कभी

स्वीकार न करेगा।'

कहते-कहते जसपाल की आवाज भर्रा गई। आंखें भीग गईं। उसने अपने आंसू किसी तरह रोककर कहा–

'लेकिन तुम चिंता मत करो। मैं शोमू को लेकर दूर चला जाऊंगा। मैं तुम्हारा और कृष्णा का दिल किसी भी हालत में दुखने न दूंगा। मेरे साथ चलो मेरे दोस्त।'

जसपाल ने शेखर का हाथ पकड़ लिया, लेकिन इससे पहले कि शेखर आगे बढ़ता, शोमू वहां पहुंच गई। उसने शेखर की ओर बढ़ते हुए कहा– 'पिताजी! मां ने कहा है, आज रात आप वहीं खाना खाइएगा। मां बनाएंगी आपके लिए खाना और रात को आप सोएंगे भी वहीं।'

शेखर सोचने लगा– 'यह मेरे भाई हरीश की बेटी है। इस मासूम ने क्या अपराध किया है, जिसका दंड इसे भोगना पड़ेगा। जब इसे पता चलेगा कि मैं इसका पिता नहीं हूं, तो इसके मासूम दिल पर क्या बीतेगी? क्या इतना बड़ा सदमा यह बर्दाश्त कर सकेगी? फिर हो सकता है, इसके सिर से मां का साया भी हट जाए। नलिनी जो मुझे अपना पति समझती है, जब उसे पता चलेगा कि मैं हरीश नहीं हूं, तो वह क्या समझेगी। वह किसी भी हालत में इतना बड़ा सदमा सहन न कर पाएगी। डॉक्टरों ने कहा था कि अगर नलिनी को जरा-सा भी दुःख पहुंचा, तो वह फिर बीमार पड़ जाएगी और मैंने उसे नया जीवन दिया है। मैं अपने प्यार के लिए अपने ही हाथों से उसे मौत के मुंह में धकेल रहा हूं। अगर मुझे यही करना था, तो उसे मैंने नया जीवन ही क्यों दिया है। हे भगवान! मैं क्या करूं?'

अचानक शोमू ने शेखर का हाथ थामकर कहा–

'मां को क्या कह दूं, पिताजी।'

शेखर चौंक पड़ा।

जसपाल ने आगे बढ़कर शोमू के सिर पर हाथ फेरा और भारी आवाज में बोला–

'बेटी! यह तुम्हारे पिताजी न...न...!'

शेखर जल्दी से उसकी बात काटकर बोला– 'जसपाल!'

जसपाल चौंककर शेखर की ओर देखने लगा।

शेखर ने शोमू को गोद में उठाकर प्यार से कहा–

'बेटी! अपनी मां से कहना, हम रात को वहीं खाना खाएंगे।'

शोमू का चेहरा फूल की तरह खिल गया।

और जसपाल भौंचक्का-सा रह गया।

◻◻

शेखर पुराने किले में पहुंचा तो उसका दिल बुझा-बुझा-सा था। उसे मालूम था कि आज नलिनी वहां अकेली होगी। वह शोमू को अपने कमरे में सुला आया था। शोमू के नाना और नानी मक्खनपुर गए हुए थे।

शेखर के घर में घुसते ही उसकी नाक से कई तरह की खुशबुएं टकराईं। सामने ही नलिनी को खड़ा देखकर शेखर ठिठककर रह गया।

नलिनी के बदन पर सुर्ख साड़ी थी। चेहरा भी गुलाबी हो रहा था। आंखें खुशी से चमक रही थीं। शेखर को देखकर वह मुस्कराती हुई बोली– 'मुझे मालूम था कि आज की रात आप यहीं पर बिताएंगे।' उसने आगे बढ़कर शेखर का हाथ थाम लिया और बड़े प्यार से बोली– 'आइए, पहले खाना खा लीजिए।'

'नहीं नलिनी, मुझे बिलकुल भूख नहीं है।' शेखर ने मुस्कराकर कहा।

'क्यों?'

शेखर ने ध्यान से नलिनी को देखा और उसकी गर्दन में हाथ डालकर मुस्कराकर बोला–

'पहली बात तो यह कि शोमू ने अपने साथ जिद् करके खाना खिला दिया। दूसरी बात यह है कि आज की रात कितने वर्षों के बाद आई है हमारे जीवन में। क्या तुम्हें भूख लगी है?'

नलिनी की आंखें शर्म से झुक गईं। वह धीरे से बोली–

'भूख तो मुझे भी नहीं लगी।'

'मुझे भी नहीं लगी, तो फिर आओ हम अपने प्यार को नई जिंदगी दें।'

शेखर नलिनी का हाथ थामकर कमरे में ले आया। कमरे में चारों ओर खुशबुएं फैली थीं। नलिनी ने बिस्तर पर फूल बिखेरे हुए थे। चारों ओर फूलों के हार लटके हुए थे। कमरे को बड़े सलीके से सजाया गया था।

शेखर ने ठंडी सांस लेकर कहा–

'आज तुम सचमुच अप्सरा मालूम हो रही हो।'

नलिनी ने लजाकर शेखर के कंधे से सिर लगा दिया।

'आज कितनी खुशबू है यहां, लेकिन तुम्हारे अस्तित्व के आगे फीकी हैं।'

नलिनी लजा गई।

'मैं एक बात तो कहना भूल ही गया नलिनी।'

'वह क्या?'

'आज तुम पूरी तरह रोग मुक्त हुई हो। आज तुम्हें भगवान ने नया जीवन दिया है।'

'नया जीवन तो आपने दिया है मुझे। मेरे भगवान तो आप ही हैं।'

'फिर भी नलिनी, मुझे ऐसा लग रहा है कि मैं तुम्हें जीवन में पहली बार

छू रहा हूं, इसलिए हम एक बार फिर भगवान के सामने चलेंगे और आज फिर भगवान को साक्षी मानकर जीवन-भर साथ रहने का वचन दोहराएंगे।'

शेखर ने जेब से सिंदूर की डिबिया निकाली–

'मैं आज तुम्हारी मांग में इस तरह सिंदूर भरूंगा, जिस तरह एक पति अपनी पत्नी की मांग में पहली बार सिंदूर भरता है।'

नलिनी का चेहरा लाज से गुलाबी हो गया।

शेखर ने उसका हाथ थामकर कहा–

'आओ, हम दोनों फिर भगवान के सामने चलें।'

दोनों कमरे के बाहर आए और किले जैसे मकान में ही बने मंदिर की ओर बढ़ गए। मंदिर में दीपक का मद्धिम प्रकाश फैला हुआ था। उस प्रकाश में भगवान राम और सीता की मूर्तियां मुस्करा रही थीं।

शेखर ने आगे बढ़कर जैसे ही घंटा बजाया। नलिनी के चेहरे का रंग उड़ गया। ऐसा लगा जैसे उस पर पागलपन छा गया हो। शेखर ने फिर घंटा बजाया। नलिनी हड़बड़ाकर एक कदम पीछे हट गई। उसने दोनों हाथों से सीना थाम लिया। उसकी सांसें तेज हो गईं। ऐसा लगा जैसे वह बेहोश होकर गिर पड़ेगी।

शेखर ने घंटा बजाना बंद कर दिया, लेकिन घंटे की आवाज बराबर आ रही थी। शेखर और नलिनी भौंचक्के से एक-दूसरे को देख रहे थे।

घंटे की आवाज निरंतर तेज होती चली जा रही थी।

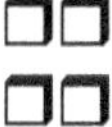

कृष्णा को लड़कियों ने दुल्हन बना दिया था। उसके बदन पर सुहाग का जोड़ा था। कलाइयों में हरे कांच की चूड़ियां थीं। गोरे-गोरे हाथ-पैरों में मेहंदी रची हुई थी।

लेकिन वह ज्यों-ज्यों दुल्हन बनती जा रही थी, उसका कलेजा बैठता जा रहा था। उसके दिल और दिमाग पर एक विचित्र-सा भय और पागलपन छाता जा रहा था। बाहर औरतें ढोलक पर सुहाग गीत गा रही थीं। गीतों के बोल कृष्णा के कानों में जैसे पिघला हुआ सीसा उंडेल रहे थे। उसका दिल भर आता था। आंसू उमड़े चले आ रहे थे और उसकी कल्पना में रह-रहकर शेखर का चेहरा उभर आता था।

वह शेखर, जिसके साथ उसने सारा जीवन बिताने के सपने देखे थे। आज वे सपने जसपाल के साथ भांवरें पड़ते ही हमेशा के लिए खाक हो जाएंगे। शेखर हमेशा के लिए बिछुड़ जाएगा। क्या वह शेखर के बिना जिंदा रह सकेगी? क्या वह शेखर से दूर रहकर एक पल भी चैन की सांस ले सकेगी?

फिर जब एक लड़की ने कृष्णा के माथे पर बिंदिया लगाई, तो वह बर्दाश्त

115

न कर सकी। उसके होंठों से सिसकियां निकलीं और वह एक ओर को लुढ़ककर बेहोश हो गई।

न जाने कब उसे होश आया। तभी उसने अपने पास मां, बाबूजी और मुखिया जी को बैठे देखा। उन तीनों के चेहरों पर चिंता की छाया थी।

मांजी ने उसके सिर पर प्यार से हाथ फेरते हुए पूछा–

'कैसी तबीयत है बेटी?'

'मां!'

कृष्णा सिसककर मांजी के कंधे से लग गई। मांजी की आंखें भर आईं।

मुखिया जी ने कृष्णा को ध्यान से देखा और बाबूजी से बोले– 'श्रीकांत! इसे दु:ख क्या है?'

'कुछ समझ में नहीं आता।'

'कृष्णा बेटी!' मुखिया जी ने कहा– 'देखो बेटी, शादी जीवन की सबसे महत्त्वपूर्ण घटना होती है। मैं जानता हूं कि तुम बचपन से ही शेखर से प्यार करती थीं। उसके साथ तुम्हारी सगाई भी हो गई थी। शादी भी होने वाली थी। फिर शेखर यहां अगर प्रैक्टिस करने लगा और उसका संबंध किसी स्त्री से हो गया, तो वह तुम्हें भूल गया। तुम गांव आईं और दु:खी होकर जब वापस जाने लगीं, तो जसपाल तुम्हें लौटा लाया। तुम अचानक ही जसपाल के साथ शादी करने को राजी हो गईं। आखिर यह सब क्यों हुआ?'

'देखो बेटी, यह शादी जबर्दस्ती की नहीं है। तुम्हारी मर्जी से हो रही है। तुम चाहो तो मैं अभी भी इसे रुकवा सकता हूं। शेखर को ठीक करना मेरा काम है। जिस औरत ने शेखर को फंसा रखा है, मैं उसे अभी गांव से निकलवाए देता हूं। वह मुझे वेश्या से भी गई-गुजरी मालूम होती है।'

'चाचाजी! भगवान के लिए उसे वेश्या मत कहिए।' कृष्णा ने कांपते हुए स्वर में कहा।

'फिर यह सब क्या है? शेखर उसका दीवाना क्यों है?'

'मैंने तो सपने में भी नहीं सोचा था कि शेखर इतना नीच और चरित्रहीन निकलेगा।' बाबूजी ने गुस्से से कहा।

'नहीं डैडी! वह सचमुच महान है, देवता है। उन्होंने जितना बड़ा त्याग किया है, कोई नहीं कर सकता।'

'कैसा त्याग? एक वेश्या के जाल में फंस जाना त्याग है?' मांजी ने गुस्से से कहा।

'मां! वह वेश्या नहीं है।'

'फिर कौन है? सती सावित्री है?'

'हां मां! वह औरत सती सावित्री ही होती है, जो पति से बिछुड़ने पर टी.बी.

की शिकार हो जाती है। वह शेखर के जुड़वां भाई हरीश की पत्नी है।'

'जुड़वां भाई?' मुखिया जी उछल पड़े।

'हां चाचाजी! वही हरीश, जिसने आपकी बेटी नलिनी के साथ शादी की थी।'

'मेरी बेटी नलिनी!' मुखिया जी और भी बुरी तरह उछल पड़े।

'हां चाचाजी!'

फिर कृष्णा ने हरीश, नलिनी, शोमू और शेखर की सारी कहानी सुना दी। मुखिया जी, बाबूजी और मांजी की आंखें आश्चर्य से फटी जा रही थीं। मुखिया जी ने कृष्णा को घूरकर देखते हुए कहा—

'कृष्णा बेटी! कहीं तुम पागल तो नहीं हो गई हो?'

'जी!'

'तुमसे यह किसने कहा कि नलिनी नाम की मेरी कोई बेटी थी?'

'जी!' कृष्णा उछल पड़ी।

'मेरा तो एक ही बेटा है जसपाल। और तुम रामस्वरूप के जुड़वां बेटे हरीश के बारे में जो कह रही हो, वह भी झूठ है। रामस्वरूप मेरे ही गांव के थे। शहर में उन्होंने शिक्षा पाई थी। जमींदार के बेटे थे। अपनी पसंद से शादी करके पिता से अलग रहते थे। पहला बच्चा होते ही उनकी पत्नी का देहांत हो गया था और वह इस दु:ख से बच्चे सहित गांव छोड़कर चले गए थे।'

'तो जो शेखर ने बताया था?'

अचानक शेखर ने दरवाजे के पास से कहा—

'वह सब झूठ था—एक नाटक था।'

'शेखर!' कृष्णा उछल पड़ी।

शेखर नलिनी का हाथ पकड़े अंदर आ गया और गुस्से से बोला— 'हां कृष्णा; यह नाटक था, जिसे जसपाल ने हम दोनों को अलग करने के लिए रचाया था।

'नाटक?'

'हां कृष्णा; यह नाटक था; जिसे जसपाल ने रचा था, क्योंकि जसपाल तुम्हें नहीं पा सका। संयोग से मैं यहां आकर बस गया। जसपाल को अपने पिता से ही पता चला कि मैं इसी गांव के रहने वाले रामस्वरूप का बेटा हूं। उसने मेरे और तुम्हारे बीच दीवार खड़ी करने के लिए यह नाटक रचाया। मेरे पिता रामस्वरूप के जुड़वां लड़का हरीश पैदा किया और मक्खनपुर की दाई फूलमणि को एक हजार रुपये देकर झूठा बयान दिलवाया और मक्खनपुर के ही अपने मित्रों के द्वारा यह सिद्ध करा दिया कि मेरा एक जुड़वां भाई हरीश था, जिसने जसपाल की बहन नलिनी से प्रेम-विवाह किया था और जिसकी दुर्घटना में मृत्यु

हो गई। नलिनी को मुखिया जी ने घर से निकाल दिया। उसे उसके मामा-मामी ने शरण दी और वहीं शोमू पैदा हुई।'

'मामा-मामी? मेरा तो कोई साला ही नहीं था।' मुखिया जी ने आश्चर्य से कहा।

'वे लोग मामी-मामी नहीं, नलिनी के साथी हैं।'

'हां।' नलिनी ने भर्राए स्वर में कहा–

'यह सच है मुखिया जी। मैं मुंबई की एक वेश्या नलिनी हूं। जो मेरा मामा बना हुआ है; मेरा दलाल है, जो मेरी बेटी बनी हुई है; मेरी बेटी है; और जो मामी बनी हुई है, वह मेरी नायिका है। लगभग पांच-छह वर्ष पहले की बात है। मैं जवान हुई तो नायिका ने मेरी नथ उतारने का सौदा एक सेठ के बेटे के साथ किया था। सेठ का बेटा नगेंद्र मुझसे प्यार करने लगा था। उसने मुझसे वायदा किया था कि वह एक दिन मुझे कोठे से निकालकर अपने घर ले जाएगा। मैं उसके बच्चे की मां बनने वाली थी। अंतिम दिन नगेंद्र मेरे पास आया, तो उसने बताया कि वह बिजनेस टूर पर अमेरिका जा रहा है। जब लौटकर आएगा, मुझे ले जाएगा। लेकिन एयर-क्रेश हो जाने पर उसकी मृत्यु हो गई। मैं अपने आपको विधवा समझने लगी, क्योंकि नगेंद्र ने मुझे मंदिर में ले जाकर भगवान को साक्षी मानकर अपनी पत्नी बनाया था। मेरी मांग में सिंदूर भरा था।

'नगेंद्र की मृत्यु के बाद शोमू पैदा हुई। मैंने निश्चय किया कि धंधा नहीं करूंगी। अपनी बेटी को मैं कोठे से दूर ले जाना चाहती थी। उसे मैंने यही बताया था कि उसके पिताजी बाहर गए हैं, किसी दिन लौट आएंगे। लेकिन नायिका और दलाल मुझसे धंधा कराना चाहते थे। धीरे-धीरे मुझे टी.बी. हो गई। जब मैंने इस नायिका और दलाल से अपनी बेटी के साथ जाने की प्रार्थना की, तो उन्होंने कहा कि अगर उन्हें बीस हजार रुपये मिल जाएं तो वे मुझे छोड़ देंगे।

'एक दिन जसपाल एक नाचने वाली के कोठे पर आया, जो मेरे बारे में सब कुछ जानती थी। उसने मेरी कहानी जसपाल को सुनाई। जसपाल ने मेरे पास आकर यह प्रस्ताव रखा कि अगर मैं उसके नाटक में साथ दूं तो वह मुझे पच्चीस हजार रुपये देगा, जिससे मैं नायिका के पंजे से छुटकारा पा जाऊंगी। इसके साथ ही मेरी शोमू को पिता और मुझे पति भी मिल जाएगा। मैं जसपाल के नाटक में शामिल हो गई। जसपाल हमें पुराने किले में ले आया। उसी ने शेखर बाबू का फोटो शोमू को दिखाकर उसे यह विश्वास दिला दिया कि यही उसके पिता हैं।

जब उसने शेखर बाबू को देखा तो वह सचमुच ही इन्हें पिता की तरह प्यार करने लगी। शेखर बाबू जैसे देवता का साया मेरी बच्ची को मिल जाएगा, मुझे तसल्ली मिली और इनके इलाज से मेरी बीमारी भी दूर हो गई। फिर मैं भी

सोचने लगी कि अगर शेखर बाबू की शरण मुझे हमेशा के लिए मिल जाए तो जीवन सुख से बीत जाएगा। मैं शेखर बाबू को अपना बनाने के लिए तैयार हो गई ताकि मेरी शोमू को कोई वेश्या की बेटी न कह सके।

'लेकिन तब तक मुझे यह मालूम न था कि शेखर बाबू कृष्णा से इतना गहरा प्यार करते हैं। जब मैं मंदिर के घंटे की आवाज सुनती थी, तो मेरे सामने नगेंद्र का चेहरा उभर आता था।

'आज जब मुझे शेखर बाबू की होना था और कृष्णा तथा जसपाल की शादी होने वाली थी, शाम को शेखर बाबू की नर्स और कंपाउंडर ने मुझसे बहुत बुरा-भला कहा। मुझे कृष्णा और शेखर के प्यार के बारे में बताया। उन्हें मेरी वास्तविकता का पता नहीं था। अपनी बेटी के सुखद भविष्य की कल्पना ने मुझे स्वार्थी बना दिया था। फिर शेखर बाबू जब मुझे मंदिर में ले गए, तो मंदिर के घंटे की आवाज सुनकर मुझे नगेंद्र की याद आ गई। मेरी इस कमजोरी को किसी तरह नर्स और कंपाउंडर भांप गए थे। वे मंदिर के पीछे छिपकर लगातार घंटे बजाते रहे। मैं पागल-सी हो गई। मुझसे बर्दाश्त न हो सका और मैंने सारी कहानी शेखर बाबू को सुना दी।'

कहते-कहते नलिनी रो पड़ी।

मुखिया जी का पूरा शरीर क्रोध से कांप उठा। आंखों से शोले बरसने लगे। वह दांत पीसकर बोले– 'मैं जसपाल को इस कमीनेपन की सजा जरूर दूंगा।'

तभी पीछे से एक फायर हुआ और उसके साथ ही नलिनी की चीख सुनाई दी। वह धड़ाम से जमीन पर जा गिरी। पीछे जसपाल बंदूक लिए खड़ा था। उसके बदन पर दूल्हे के कपड़े थे।

उसने गुर्राकर कहा– 'जसपाल ने हार मानकर बैठना कभी नहीं सीखा है पिताजी। मेरा नाटक असफल हो गया तो क्या? शेखर इस दुनिया में नहीं रहेगा और अगर कृष्णा किसी की बन सकती है, तो केवल मेरी।'

जसपाल ने जैसे ही शेखर की ओर बंदूक उठाई, कृष्णा चीखकर शेखर के सामने आ गई। तभी पीछे से ढोंगीलाल ने जसपाल की बंदूक की नाल ऊपर को उठा दी। गोली छत से जा टकराई। दूसरे ही पल शेखर ने झपटकर बंदूक जसपाल के हाथ से छीन ली। मुखिया जी के नौकरों ने जसपाल को दबोच लिया।

शेखर ने झपटकर नलिनी का सिर अपने घुटने पर रख लिया और उसका सिर हिलाकर पुकारने लगा–

'नलिनी-नलिनी!'

नलिनी ने आंखें खोल दीं और डूबती हुई आवाज में बोली–

'मुझे माफ कर देना...शेखर बाबू! और मेरी शोमू को यह कभी मत बताना

कि आप उसके पिता नहीं हैं। उससे कह देना कि उसकी मां बहुत बीमार हो गई थी, इलाज के लिए शहर भेज दिया है।'

फिर कृष्णा का हाथ थामकर उसने कहा–

'कृष्णा बहन! मेरी शोमू को तुम्हीं मां का प्यार दे सकती हो, मैं जानती हूं।'

'नलिनी बहन!' कृष्णा रुंधे स्वर में बोली– 'तुम्हारी शोमू आज से मेरी और शेखर की बेटी है।'

नलिनी के होंठों पर एक संतोष भरी मुस्कराहट दौड़ गई और फिर उसकी गर्दन एक ओर ढुलक गई।

शेखर की आंखें भर आईं तथा कृष्णा की आंखों से आंसू बहने लगे और जसपाल अपराधी की तरह सर झुकाए खड़ा था।

● ● ●

www.ingramcontent.com/pod-product-compliance
Lightning Source LLC
Chambersburg PA
CBHW051221160726
47994CB00002B/696